탐험과 소년과 계절의 서

탐험과 소년과 계절의 서

안웅선 시집

민음의 시 240

민음사

나는 오래도록 친구가 필요했습니다.

2017년 가을
안웅선

차 례

3부

1부

환절기

비탈은 비탈이기 위해 자기 발을 자르고

아이들은 겨울이란 운명으로 손바닥에 눈의 결정을 새긴다

숲은 파랑을 다 내어 주고도 이대로 죽을 수는 없다는 결심

태양이 약속한 모래시계를 뒤집는다

바다는 물빛을 다 빼고 부풀어 오르고

새들은 눈이 부시다는 것인지 자꾸만 비탈 쪽으로 난다

탐험과 소년과 계절의 서

난독증을 앓는 소년은
지도와 강과 유역만으로도 헤매고 있다

아이가 집을 나서는 이유에 대해서는 "빨래를 말릴 만
한 충분한 햇볕이 없었다"라고 적당히 둘러댑시다 기꺼이
죽은 것들을 보고 몸이 약해지지만 보이는 것을 우리에게
알려 주지는 않습니다 온 세계가 아이의 가출에 관심을 갖
지만 아무것도 사랑하지는 않았습니다

순회 판사는 부러진 망치를 찾아 연기 속에 앉지 (B와
V의 발음 사이에서 나는 미천해졌어요) 나는 배가 불러 가는
것을 감추기 위해 모래땅에 포도나무를 심고 노예를 산다

살아 있는 것만 생각하자꾸나 살아 있는 것만
아이는 아름다움만으로 기도를 드리고 친구들은 동전을
내밀며 기도를 팔지 않겠느냐고 묻겠죠

지붕을 가진 사람들과 마른 몸으로 식탁에 앉아 젖을
마시고 살아가는 것들 모두가 배부른 계절이 있습니다 배

고픈 계절과 동물과 사람을 한 번은 죽이고 왔기에 가능한 일입니다 (잠시 F의 발음에 대해 고민한 뒤) 먼 데에서 죽은 자들과 관계하시는 분이여 아이에게 음식을 내어 주시고 노른자에는 소금을 얹어 주시고 명랑하고 쾌활하고 모두에게 친절하도록 바질을 뿌려 주시고,

다시는 몸을 긁으며 잿더미에 앉지 않도록
누구의 편도 들어 줄 수 없어 슬퍼지는 이름이 되도록

모두의 이름을 받아 적었으니 내가
몸이 약한 아이와 친구들의 이야기를 들려주려 합니다

표류

별들이 지구처럼 가벼워지고 있으니 꿈들은 사람에게로
와서 죽는다 남회귀선을 지나는 선원들의 피 속에서
　자정이 수직을 그리는 동안

　엘도라도를 믿는다 후추가 묻은 손등을 핥으면
　해변에 거북이들은 자기 피를 뿌려 수심을 재고

나는 거북에게 단체로 마스트에 성기를 비벼 자위하는
선원들의 이야기를 듣습니다 그들은 오줌과 정액을 바다에
뿌려 운명을 거부하지만 말라 가는 등을 막을 수 없습니다
　염장한 고기를 먹고 썩어 가는 사과 향을 맡는 자들의
세계 살아서는 파도의 낮은음을 닮지만 죽어서는 높은음
자리에 옵니다 가라앉은 섬의 구릉을 걷는 맨발로

　나는 혀에 통증의 지도를 그려 온 사람들의 얼굴을 돌
에 새겨 신을 기른다
　내게 있는 수직의 흔적은 태풍이 오는 밤 당신이 내어
준 젖은 등 때문이라고

중심을 뒤흔드는 바람에게서 도망치고 있습니다 화가가 남긴 운명론의 흔적 풍경으로 나를 말할 수 있다는 것 나는 끊임없이 질문합니다 뒤집혀 날아가 버린 우산과 꺾여 버린 가지에 남아 있는 잎들에 대하여

눈 감은 나를 돌아보고 대답하는 대신, 태풍은 아직 내게 비 오는 밤 내어 준 당신의 젖은 등이라고 비에 젖어 구멍 난 종이 가방에 색종이를 오려 붙여 주어야 한다고

살아서는 도망치지 말자던 나무는 꿈꾸는 새들의 정액을 맞는다

껍질의 문양으로 점을 치기 위해 무겁고 더운 남풍이 무풍지대를 찾아올 것입니다

오래도록 굳건한 지구의 수직과
오늘의 일기예보에 따라

밀연(謐戀)

퐁듀 위에 코리앤더를 얹는 왕가의 감정
사제의 서품식
찻잔에서는 다리 건너 마을에서 태우는 시체 냄새가
났다

왕국은 교활하고 신들은 난생(卵生)의 혐의를 가지고 있
었기에 살해될 운명 내 가늘고 하얀 발을 씻을 때마다 오
래도록 걷지 않아 불안하다고 말한다

어떤 사랑은 오래되었기에 발열 없는 선언
전염병에 대처하는 방식대로 옷이 벗겨지고 그곳이 닦
이고

애도는 언제나 새들의 날개 끝을 자르는 방법으로

태어나지 못한 아이가 오래도록 성기를 긁고 있다 자라
나지 못한 음모를 그리워하듯,
우리의 형(型)이 되었을 아이 나는 그 아이를 반대했다

율문(律文)과 기도가 질척이는 구멍을 찾아간다 긴 머리
칼이 손가락에 말려 오면 나는 의미를 거절할 수 없으니

마리아라 불리우는 누이들이여 당신들의 젖가슴을 감싸
안기 위해 입술로 세례를 전하는 사제가 되어야 했을까요
내 모든 변명과 기도에 성상(聖狀)의 표정들이 전염된다

발가벗고 저주의 눈빛을 씻는 아이들에게서 코리앤더
향이 퍼진다 왕국의 모든 신전이 종을 울리고 날아가 버리
는 불구의 새들

둥지에 남겨진 변명을 오래 품고 있어도 태어나는 것은
없었기에 나의 신전에는 누구도 비밀을 고백하러 오지 않
았다

청록, 포도가 자라는 자리

가루를 담는
날이 푸른 숟가락

잎들은 마르며 사람을 찌르지 않지 정말로 약이 되길 바
란다면 가장자리를 늘리는 수밖에 맑은 액체가 고이는 자리

사순절, 세례를 받으려는 아이들은 가지가 자라는 방향
을 읽으며 지난해의 불운을 꺾어 모으고 있습니다 지붕을
갖기 위해 사람이 됩니다 벽의 위치를 꼼꼼히 살피고 창문
을 고민하고

무리가 된 사람들이 포도를 밟는다 창문을 구하지 못했
는데도 벌써 여름입니까 갑자기 이마를 넓혀야 할 것 같아
요 적어도 맨발이 되기로 합시다 당신들의 통에도 내 혀가
필요합니다 신발을 벗으며 말하지만 아무도 일을 시켜 주
지는 않아요 노동이란 성스럽군요 간단합니다 그건 빵만으
로 살 수 없어 할 수 없군 포도주에 빵을 적셔야지

냉장고 속에서 잼은 뚜껑을 여는 법이 없다 입 속에서

혀가 부푼다 부풀어 오른 것이 빵만이 아니라는 것이 증명
되었습니다 이제 이것은 사실이 됩니다, 시인들이 옳았군요
나는 직업을 정치가로 정합니다 이제 주머니에 작은 열매
를 가득 채울 시간이에요

　성실히 읽지 않아도 됩니다 모두에게 부푸는 혀를 보여
주기만 하면 됩니다 마침 부활이 시작되는군 모두들 통에
서 나와 발을 씻어요

　내 말을 듣는 사람들은 결국 혼자가 되겠죠
　또 입맛을 다시며 자기의 포도밭을 살피러 가겠지

　흉가의 아름다운 창을 떼어 벽에 매달고 싶지만 주인이
없기에 관두기로 합니다 약이 되지 않은 건 모두 너의 탓
이죠
　혀 뒤의 청록이 전염되기 시작한다

　병을 찾지 못한 액체처럼
　기운,

미사

밤의 성당은 비명의 힘으로 나는 목 쉰 새들의 것

전염되는 붉은 비밀의 힘

발이 까만 새와 나눈 한낮의 대화
문틈을 넘어온 그림자는 조그맣고 단단하다

내가 붙잡는 이름들 그 손등에는 흉터가 생겨요 유난히
하얀 손을 가진 목수가 자기 창문에 새겨 놓은 낙인 같은

나는 계절을 바꾸는 일몰의 느낌
가슴에 새긴 이름들을 감췄기에 누구에게도 인사하지
않는다

자기를 빌어서만 자기를 말하는 손등의
흉터를 알게 되었으니 내일은 이름을 기대해도 좋을까요

바람이 붉어지는 저녁 구부러진 계단을 오른다 허리를 베
이는 그림자들 오르간 파이프 끝에서 모두가 발을 돋우고

내 품에 안아 죽이는 발이 검은 새들

발끝으로만 난간을 밀어 보는 지붕 위의 사람들 오래도록 치지 않은 종을 닦기 위해 탑에 오른 수도자의 소매 끝에 붉은 비밀이 묻어 간다

제 이름을 몰라 되살아난 인간들이 거리를 누비는 밤
누구도 함께 모여 밥을 먹으려 하지 않았다

검은 잎에 흰 바람

우아해, 오늘의 대기는
검은 잎에 흰 바람

낡은 램프를 손에 들고 우리는 폭설의 씨앗을 심으러
간다

여행자의 발끝은 쉽게 짓무르고
식탁 아래 숨긴 묵시록이 푸른 토마토를 닮는다
우아해, 초조해지는 인간이란

지상과 거의 모든 빛

타인의 비밀을 알약처럼 삼키는 모범
둥글게 말아 쥔 비열이 숲으로 걸어 들어간다

그것을 씹어 먹으면서 오늘 밤은 일찍 잠들어야지

꽃이 피지 않는다,
수태를 알게 된 여자와 무성(無性)의 아이 아마도 완전

히 메마른 침묵 속 네 가지 계절

　신생아를 씻기는 검은 물을 가로지르는 정적 속에서 자
기의 결백을 과시하는 빛들이 밤을 채우고

　절망적으로 침착한 폭설이 혀끝에 닿을 때

　죽은 자식의 뼈를 피리로 만들기 위해 신은
　오래도록 입술을 모으고 있었다

자수

풀을 밟고 밟아 푸른색을 입히고 있다
붉은색이 바다를 건너는 건 햇볕도 마르는 오후라고 했
었지

벽화 속에는 염소의 고집을 달래는 처녀들 물레를 돌려
실을 만들고 바늘에 찔려 잠들고 마는 전통에 대해서는 심
드렁하게도 나는 당신 가슴에 새겨진 문장의 의미를 비꼬
고 있었지만
자랑스러운걸 내게 없는 가문의 염소와 뿔과 고집이

사과는 사과로만 남고 미안함은 계속 미안함을 만들고
그럴 때는 나는 내가 미안하고 사실 나에게 가장 미안하고
뒷골목을 깨진 술병에 베이면 내 목소리도 색 바랜 구
름을 가질 수 있을까

바늘로 사람을 맞이하는 일들 카펫을 만들고 손수건에
수를 놓아 인연을 맞이한다는 말은 그래도 다행이라며 당
신이 내가 입을 흰 천을 햇볕에 내어 말릴 때

증류소 근처에서 날려 오는 석탄가루들

바늘귀에 실을 끼우며
나는 내게 없었던 간절한 목소리로 다시 미안해하고
있다

당신의 무릎 위에 놓은 하얀 무명에 내가
쏟아 버린 이별을 새겨야만 했을 때

편지들의 이스파한*

그러니까, 눈동자를 채워 넣어야 한다면 이스파한

이라고, 부신 눈이 감길 때 세계의 절반이 보인다고, 바
랜 길들이 모인 곳, 하늘을 찢어 담을 올리고 훈증한 장미
를 바른 집이라고, 주소를 알 수 있다면 낡고 흠집 난 트렁
크 하나 먼저 보내 놓아도 되겠느냐고, 쓴다

장미의 계절이 오고 있다고,
그러니까, 잘못 배달된 편지를 반송함에 넣어 주고도 돌
아서기 힘든 시간이 온다고
그러니까, 눈동자가 까매지는 계단
태울 것은 어둠만 남은 사막과 도시, 숨겨진 무덤들 위
로 새벽이 유형되었다고

장미들은 내 눈동자에서 길을 잃은 상단(商團)이 지나온
밤들을 훔쳐보게 될 것이다

자물쇠가 달린 트렁크가 필요하다면 그것은 잠들기 전
에 꺼내 놓은 눈동자를 숨겨야 하기 때문

흘러간 꿈을 읽어 내기 위해서는 돋보기가 필요하지 볼록하게 부푸는 투명들을 모은다

점자로 쓰여 밀봉된 주소가 도착했으니 주머니에 손을 넣고 새로운 안경을 사러 가야지
기도의 체온으로 서로가 눈꺼풀을 쓸어 주는 새벽, 입술을 모은 장미들에게 다가가는 방법
그들은 유독(幽獨)의 가장자리에서 나를 원하고 있어

늙은 사도는 텅 빈 눈에 세계의 절반을 담고서도 계시록 위에서 쓰러진다 그의 눈빛을 궁금해한다면 인편에 내 트렁크와 열쇠를 전해 둘게요

그러니까, 까만 눈동자가 비어 간다면 이스파한
옛길을 걸어 반송되는 편지들이 모이는 곳
그러니까, 이스파한 장미의 계절

* 사산조 페르시아의 옛 도시

우기

내가 천하다고 생각되면 바로 일어나요

손바닥에 풀을 바르고 하늘을 향해 팔을 뻗는 자세
허리를 꿰매야 하니 바지춤을 내리라는 말을 남의 애인
에게 듣는다

비록 조상(弔喪)이 비로부터 시작한다고 하여도

밑창 닳은 신발로 빗물이 스민다고 울 수는 없어요 양말
로 옮아가는 흙탕의 운동장과 웅덩이 속 시린 손가락을 다
데려오지 못했다는
기침하는 사람들과 비를 맞으며 하늘을 이어 붙이기로
한다

버스에서 내리며 가방으로 머리칼을 가리게 되는 날과
우산을 들고 마중 나갔다 그냥 돌아오는 일들
흙덩어리가 되어 가는 거리를 바라봅니다 같은 인간 발
바닥에 흙을 묻혀 가는 일은 다행이라던
기린을 닮은 여자를 만나고 싶어요

어떻게 우는지 궁금해지는 포유동물의 불러 가는 배를 보면 애인을 사랑하는 외국인의 눈동자가 더 깊어지도록 원주민들은 모피로 지붕을 덮어 줍니다
　늘어지는 털을 손가락에 감아쥐면서

　나는 우산으로 만든 집에 놓고 온 발목이 시려
　가시덤불을 기르기로 합니다

라플란드의 오로라

몇 알의 항생제만으로도 멀어지는 죽음과 당신에게 묻
는다 나의 추방은 내가 꺼내 놓은 표정들 때문인가
앓는 밤 나는 내 안으로 적설(積雪)하는 의문이다

라플란드의 짧은 여름
금발의 의사는 뼛속까지 곪아 버린 어금니를 뽑아낸다
이빨 끝에 고인
내 표정을 낭독하지 못한다는 것

내 꿈에 침입한 자들을 향해 주먹을 쥘 때마다 나를 달
래던 당신의 날개 위로 백야는 온다

까마귀 날개 끝에 매달린 빛들이 매 순간 자리를 바꾸듯
세상에는 간곡한 증언으로도 풀리지 않는 시절들이 있
다고 진홍이 물들인 눈빛이 나를 몰아붙이고
폭력은 망각의 가지에서 빈 부리로 날개를 펴는가

평생 거울의 표정을 연구하던 학자는 한쪽 눈이 멀어 갑
니다

살해당한 내 표정들을 부르는 것만으로 빛을 잃어 간다
고 해도 오른쪽 어깨 위 까마귀가 물어 오는 치통들을 모
으겠습니다 숲의 눈동자에 자기 얼굴을 비추는

　라플란드의 오로라처럼

발신

당신, 이 세기로 감춰진 사람 문득
담쟁이로 가득한 나라의 왕족 같다

새벽 깊은 해저로 가느다란 시차가 연결되는 공중전화

뒷모습으로 사람을 구분하는 일에 익숙해집니다 활주하
는 비행기를 바라보는 일로 중독을 이해하기로 해 허공에
대해 오해하듯 자백한다 다시 말하면 구토를 공부하기 시
작했다는 것이지 출발하는 사도들이여

난 딱 어제만큼 큰단다 여러 날
느리게 항해한단다 공정하게 말해진단다 하지만
다정하진 않아요

웃거나 화내지 않음으로 야만의 박동이 된다 간신히 무
채색을 꿈꿀 수 있지
덧칠을 덜어 낸 화가의 자리 웃자란 가지들이 시야를 벗
겨 내고 있어요
입술이 붙었다가 간신히 떨어지는 순간을

새벽의 공중전화는 숨어 울기 좋은 크기
　　일어나세요 나도 사람입니다 여름이란 참 눈에게 많은
무늬를 주는군요

　　이제 길거리에 팔리는 이야기들이 늘어 가지만
　　당신 그것은 발신될 뿐 영원히 수신되지 않아

섬의 하루

잘 지내지?
라는 문자를 받곤 하는데

나는 청력이 귀한 사람이라 빗방울 소리를 들을 때마다
수명(壽命)을 긁는다 이 구성적 운동을 기억하기 위해 사람
의 희박으로 인해 밤중이 차다 라고 적을 때
　물질의 수준을 가늠하는 개의 사지에서 혈당이 떨어진다

　동정과 연민의 느린 허공
　나는 늘 먼지에 바탕을 두고 자라나 마른 벌레가 돼요

타인의 교리를 훔쳐보는 일은 각설탕만큼 흥분되는 것
가끔은 교리책 없이 성당에 갔지만 나와 책을 같이 보는
친구는 아무도 없었지
　구름이 신의 리듬 속에서 말을 잃고 어둠은 지구의 껍
질을 단단히 쥔다

어떤 왕국은 기억되지 않는 방식만으로 천 년을 넘게 지
탱해 왔단다 적층된 천 년을 모두 핥아 보고서도 나를 알

고 싶어 한다면 백색 태양과 네가 가는 곳을 알려 주렴

　나는 어제 섬에 왔고
　오늘의 교리가 궁금하다는 문자를 받는데 아무래도
　잘이라는 말은 잘 모르겠어서

　절벽과 등대와 파랑으로 발밑을 비춘다

2부

놀이터로 가기

운동화 끈을 묶으며 보이스카우트들은 매듭법을 배우고 그걸 우리에게 자랑하고

자랑할 것이라고는 매듭법뿐인 세계도 좋겠다 그러니까, 놀이터로 가자 몰래 울어 보기 좋은 곳 친구가 되기 좋은 곳 스스로 무덤이어야 하는 곳 그래 누구나 신발을 벗어 주고 오는 곳

바닥은 모두 생고무로 바뀌어 가는 추세 그림자를 뒤척이며 바닥을 문지른다고 내가 하얗게 되지는 않아요

새 신발을 사는 놀이와 신발을 밟아 더럽히는 놀이 우리와 놀이가 웃고 떠드는 동안 사라진다

현명, 빈 창에 매달려 지상을 걷는 달의 밑창, 단 한 개의 자랑이 되고자 하는 소원을 훔쳐 들을 땐

그림자를 지운 손가락으로부터 매듭법을 다시 배우기
새하얀 운동화를 신고 놀이터로 가기

미션 스쿨의 하루

밤마다 내 심장이 나를 교훈하도다
(시편 16:7)

매점 뒤에서 신이 만든 구름을 보다
맘에 드는 구름을 상상할 때까지

나를 위해 기도합니다

쇼바를 한껏 높인 오토바이 햇빛이 나면 나무도 가지를
들어 올려요 나에게 필요한 건 너였는지도 모릅니다 예배
시간 친구의 지갑을 훔친 건

어떤 구름도 나를 위해 울지 않았기 때문이야 오토바이
에 대한 미학적 견해가 달랐기 때문이지 차도에서 피 흘리
는 사람을 보고도 나는 평온한 오늘을 위해 기도해 나를
용서하지 말아요

내게 꼭 맞는 가슴을 찾아 밤을 헤매요 목소리라도 듣
고 싶어요

수업 종이 울릴 때까지 나는 구멍난 벽들과 대화합니다
왼쪽 판막이 아픈 사제의 기도를 배우고 싶어요 오른쪽

보다 짧은 왼쪽 손가락을 감추기 위해 나는 손을 꼭 모아 쥐어야 합니다

　나는 매점 쓰레기통에 버린 지갑 안쪽에서 죽을 것입니다 나를 잡는 손을 뿌리칠 때마다 다리엔 멍이 생겨요 아픈 가슴은 외가의 병력이었고 오래도록 빈 교실은 햇빛을 향해 걸었습니다

　내일은 구름의 왼쪽 가슴이 아플지도 모릅니다
　내가 그들을 위해 기도하지 않았기 때문입니다

오랜, 고요한 복도

이 계절의 빗방울이 좋아요 귀엽게 구르다 쉽게 얼어 버리니까

소년들은 합창 시험을 준비합니다 노래에서 사산된 통증들이 굴러다녀요 모두가 같은 소리를 내려 하는 것만으로 끔찍할 수 있습니다

오후 내내 서 있었던 복도
맨발과 초원을 부르는 마음

황혼이여 내게 색맹검사표를 보여 줄 수 있겠니 흑백과 녹적이 나뒹구는 모호를
우리를 받아들고 싶어 서로 다른 걸음걸이를
나는 장거리 비행을 마치고 우편기에서 내린 비행사처럼 자꾸만 다리를 저는구나

사람이 커피를 마시다 구름이 가린 햇빛 속에서 죽어 간다 그러니까 사이렌 소리 속에 피가 섞인 오후로 떨어지는 빗물 쏟아져 나온 말랑한 가슴마다 차가운 가시를 쏘

는데

　빛바랜 복도의 고민은 고요에 있고 맑게 얼어붙는 데
있다

　그 자리를 돌아보는 것만으로 아름다울 수 있구나 피
묻은 복도에 불시착한 신을 마중하던 오래된 습관처럼 믿
음은 언제나 양동이를 들고서 거리를 닦으러 온다 가볍게
스텝을 밟으며

　빛이 드는 긴 교회의 회랑 검은건반 흰건반 무릎을 꿇기
위해 맨발로 복도를 지난다 왜 맑게 닦은 것들 위에는 내
얼굴이 고이는 걸까요
　합창 시험을 마치면 잊게 되는 노래의 가사처럼

과학 경시대회

새들은 비행법을 배우러 일요일에 만나지
날개를 가진 소녀들은 달의 방식으로 자기를 이해한다고

교복 안에서 자라나는 가슴을 좋아해
헐렁한 운동화 끝에 차이는 방과 후를

입술로 자기 속을 열어 보여 준 카데바에겐 이름을 주어
도 좋겠다

생리 주기가 일그러지듯 수도꼭지는 자꾸만 비틀리고
먼 바다의 폭풍은 빈 운동장에 젖은 머리칼을 흩어 놓
아요

휴일과 방학의 등교
과학 실험과 답안의 공식들을 외우며

자동차에 가해지는 충격량을 묻는 문제엔
사람이 죽는다 라고 밖에 대답할 수 없어

함께 날지 않는다면 공기의 흐름은 무시해도 좋겠다

너의 일요일이 좋아 라고
이름을 쓰는 칸에 적어 봅니다

상장에 금테를 둘러 장식하는 취미는 고풍이 되어 갔
기에

빈 책상을 끌어안고
처음으로 나와 많은 이야기를 나누었습니다

꼬마 하마 키보코

다리는 짧고 궁둥이는 크지요
이빨은 아름다웠지만 빠져 버렸다구

입속에 혀를 넣어 구멍을 찾자
나의 꼬마 하마, 이것이 첫 경험입니다

열심히란 말은 배우지 않을래요 땀 난단 말이에요 땀은
탈모에도 안 좋으니까
그래도 다리가 계속 자라는걸요

통통통 뛰어다니는게 좋아요

이빨 빠진 하마야 빠진 이를 보여 주고 친구를 만들어
보려무나 세 가닥뿐인 머리칼을 이해해 주렴 세계는 믿음
의 방향으로 자라나니까

졸려요 으함!
어설픈 결론은 식성에 맞지 않아요 어리석어도 좋아요
그냥 내가 아름다울래요 내게 달라붙는 투명들이 늘어 가

니까 그러니까,

　가짜 이빨을 닦으며 하품하는 너의 큰 입, 귀여워!
　사랑해! 키보코
　나의 하마,

묵음

닫혀진 창들은 모두 햇살로 쏟아져 숨겨진 일기장을 훔
쳐보았다
백열등을 켜고 끄는 일만으로 온 방이 나의 신전인데

장롱 속 낡은 이불 위에서 앓는 꽃들
모욕과 건강이 한 가지에서 자란다

조용한 목소리로 당신에게 불운이 될게 휴일 아침 잠을
깨우는 소란이 될게

내가 그에게서 배워 온 건 등 뒤에서 내 이야기를 속삭
이는 유령들로 사람의 눈빛이 무시무시해진다는 것

이제 겨우 나는, 나에게 닿은 것 같다

버드나무 가지에 웅크리고 사는 걸로 투명해진다는 새
들의 신화를 베끼며 다시 오래된 사람이 되어 간다 결국
난 유령이었을 뿐이야 늘어뜨린 가지와 거기 매달린 가는
이파리조차 움직이지 못하는 바람이라고

날개를 접을 때마다 눈에 차오르는 파랑의 농도
예감하는 우기의 마지막

정화(靜話)

나는 이상을 손에 쥐고 걸을 때 사라지는 속삭임
그 자세를 고민하지

흰 모래 위에 세운 다섯 개의 돌 거기에 기른 삼나무 숲

입술을 깨물며 잠드는 습관처럼 가지를 쳐내는 일로 내
세를 빈다
머리칼을 풀고 나무 쪽으로 걸어가는 순백 오늘 모은
돌들을 쏟아내면 객관은 평범하고 보잘것없지만 까마귀의
습관을 닮았다고 새벽이면 가지에 걸어 둔 어제를 파먹으
러 온다고

가족 묘지에 묻히려는 사람들이 창을 뻗으며 발밑 흙탕
을 지켜본다

내게 찔리는 사람들의 눈을 기억해요
땅으로 깊어지는 연습을 해야겠구나

내일을 바라보는 까마귀의 눈으로 내 눈을 대신하겠다

는 평범한 주문으로도 결계가 무너집니다

　어제의 냉지를 기록하기 위한 다섯 개의 돌을 모아 오늘
을 난다
　하지만 아무것도 변하지 않아요 날아 본다는 것만으로는

　더 이상 달을 탐내지는 말아야지 내가 닿을 수 없는
곳을

　잠깐의 비행, 언어가 무너지는 세계에 닿을 수 있는 것만
으로
　객관에 대한 이상을 감지할 수 있으니

오늘

　당신이 손을 씻고 방 밖으로 사라지듯
　고양이가 죽으면 까마귀가 오고 까마귀가 죽으면 고양이
가 온다

　집으로 가는 길은 가파르다 불편한 비명 속으로 사라지
는 길 비명을 생각하기 때문에 존재하는 길 비탈이라고 말
하면 쐐기풀들이 자라고 붕괴 직전의 성문이 나타나고 그
늘에 앉은 노파가 나타나고 바닥에 흩날리는 빛들의 점괘
속에서

　나는 아주 쉽게 사랑하는 사람이었구나
　사랑하고 있는 나를 나는 만날 수가 없는데

　자루에 담은 후추의 값을 흥정하듯 나의 장례는
　가지런한 미로 속에 이루어졌다

　또 태어나야지 또, 어린 병사가 되어야지 활 맞은 눈을
까마귀에게 줘야지 많은 빚을 지고 버려진 헛간에서 싹 터
버린 슬픔의 씨앗을 심어야지

용서하세요 용서하세요 나는 왜 하필 여기 머물고 있
을까

노려보면 스스로가 스스로에게도 호칭을 붙일 수 있는
것인지 거울 속의 세상이 거울 밖을 범하고 새벽에 걸려
넘어진 외로움이 사람을 덮치는 재난 속에서 고양이와 까
마귀의 시체가 발에 채이는 폐허 속에서 세 번 우는 첫 닭
의 의심으로 가지런한 미로가 생길 때 빨래가 마르는 오후
의 고요

나는 내가 흩어지도록 내 모든 인간을 바치겠습니다

Michelle

나는 알아요
내가 나를 사랑하지 않는다는 걸
그러니까, 지붕 위에서 발을 핥고 잠드는 고양이처럼
쉽게 잊을 수 있어요

세계의 모든 슬픔을 다루는 부서의 장관이 되어야지 명
함을 건넬 때마다 없는 이름을 만들고 친철한 사람이 되어
야지 너 같은 게 무슨 시인이냐고 물어도 함부로 연기하지
않는 척 연기하는 연기를 편지 한 장만 남기고 고국으로
돌아가 버린 사람 그녀의 침대 위에 놓인

지혜를 선물 받고 싶어요, 그래요
내 것은 아무것도 내어놓지 않겠어요

가사도 없는 노래 허밍만으로 나를 울게 하소서 두려움
을 아는 소년으로 돌아가게 하소서 당신의 슬픔과 맞바꿀
수 있는 황금의 환율로 내 모든 재산을 탕진해야지 이 나
라의 모든 대나무를 베어 책을 만들고 다시 책을 불태워야
지 산허리를 잘라 국경을 만들면 낯선 사람들이 칼을 들

고 뒤를 밟는 나라 나는 너무 잘 알고 있어요 이런 저런 이야기들로 불태우는 이 밤 사랑의 나라와 불이 꺼지지 않는 수도의 성과 궁전을

당신은 내 방의 고요를 만든 사람
여행 가방 안에 나는 무엇을 숨겨 두어야 하나

당신의 절망이 내겐 희망이 되는 나라 자랑스런 나의 조국 나의 왕국 그 나라의 장관이 되어야지 거세병이 되어야지 왕이 되어야지 당신들의 슬픔을 되파는 거상이 되어야지 무기들을 사 모으고 부모가 자식을 버리고 자식이 부모의 뺨을 때리는 나라 영원의 왕국 한밤중 숨겨 둔 칼로 신하가 왕을 찌르고 다시 왕이 되어 멸망하는 찌르고 찔리는 죽창의 역사를 배우며

기도, 조율되지 않는 칠현금
내 손을 쥐는 당신의 손에 나는 십자를 긋는다
정말 잘 어울려요
내가 무슨 말을 하는지 당신은 이해할 수 있을까요?

신의 언어는 새벽에 깨어 버린 아이의 울음 소리로 번역할 수 있다 무너진 선착장에 발을 딛는 조심스러움으로 찢겨진 내장에 손을 넣고 출혈점을 찾는 의사의 바쁜 손놀림으로 눈물의 값을 흥정하려는 정치가들을 내쫓는 단호함으로 맑은 날씨를 예보하는 일기예보의 거짓으로 경기 회복을 점치는 경제학자의 조심스러운 그래프 그 안에서 살아간다 내가 아름답건 말건 내가 나이건 말건

면(麵)

마른 직선에게 탄력을 선물한다 오늘은 오늘의 밀을 심고 내일은 내일의 올리브를 심고

허리를 굽히거나 손을 뻗으며, 그리고 입술을 오므리는 습관, 그것만으로도 뜨거워진다

여행 가방에 면을 챙기는 사람들로부터 슬픔을 보존하는 법을 배운다 마른 햇볕을 물에 풀어 천천히 삶아 내는 감정

멀리서 보면 그냥 지나가는 것들을 먹이는 일 같다면

접시와 식기 위로 쏟아 내는 기도 대신 큼직한 쇠솥을 걸고서 유독(幽獨)의 기미로 말라 가는 사람을 먹이며

나는 보편이 되어 가기까지의 무미를 생각하겠습니다

구름 속에서는 안부를

안녕이라고 말하면 붉게 물드는 얼굴을 보고 싶었어 구름은 오래도록 신이었던 하늘에게 봉사하는 기사단 같았지 땅 위에서 왕이 되지 못한

타락한 사제들과
먼지 쌓인 오르간 소리

고대 문자를 읽어 내는 음성이 잊혀졌다
나와 만나는 눈물은 언제나 새로워서 나는 너를 모른다

돌에 맞아 금이 간 유리창을 오래 바라보고 있으면 수천 년 전 하늘의 왕국과 반역의 밤들이 만들어 온 틈으로 스며 나오는 냄새를 맡을 수 있다 피가 배인 비릿한 흔적 성가대의 합창에 묻힌 네 목소리를 찾아내고 싶다

아직 죽이지 않은 화분이 남아 있다면 무너진 유적의 북쪽으로 가겠다 모여드는 새들에게 너의 행방을 묻겠다 반역의 밀약들 사이를 걸으며 왕국을 바라보겠다 그리고 낙천적인 자세로 말을 걸겠다

멸망을 낭독하는 기사들의 행진을 바라보며

안녕이라고

초콜릿

그런 달콤함으로 나를 말하면
내가 모두 사라질 것 같다

주머니 속에서 녹아 버린 밤이 온다
노예 해안의 밤

여왕의 긴 드레스가 수면을 스치고 별들이 하얀 손가락
으로 뱃머리를
쓰다듬는 밤 쌉싸래한 혀끝으로

무엇이든 만들 수 있을 것 같아
예전의 기분을 되찾은 것 같아

그러나 여기는 노예 해안의 밤
모래와 소금과 식초와 나의 혀 나의 몸 나의 마음

초콜릿 나무가 그늘에서만 자라는 것은 잘 알려지지 않
은 사실이다
버려지는 과육이 더 달콤하다는 것도

내가 관대하거나 공평하지 않은 건 초콜릿 탓이 아니다

살이 찌는 것도 사랑에 빠지는 것도 초콜릿
때문은 아니다

지붕 위의 여우들

없어지면 좋겠어

영영, 실패하고 실패하고 실패했으면 좋겠어
낫을 든 사신이 사나운 개들을 풀어놓았으면 좋겠어

저기 높은 지붕이 만든 그림자 그 아래서
말을 모는 사람들이 모여 지나온 길들의 이름을 모을 때
눈가에 번져 가는 의심이었으면 좋겠어

그러면,
지붕 위의 아찔함에도 비켜서지 않는 고집이 생길 텐데
평원에 장미가 자라고 꽃잎을 빨는 향기에 취해 나는 인
간이 되었을 텐데

밤이면 사뿐히 지붕을 넘나드는 여우들
혼자서만 꾸는 꿈으로도 나는 셀 수 없는 편지를 쓴다

네가 먹다 남기고 간 나의 결의 같은 것

바람이 또 남은 빛의 절반을 먹어 치운 건지
여름밤 호수 바닥엔 뼈가 선명하다

잊을 수 없다는 것 이 불량한 슬픔 그 앞에서
당신이 보여 준 것이 사랑이라면

단 하나의 뼛조각이라고 해도 내겐 쓸모가 없다

사생 대회 불참의 변

나의 목소리
나의 잠 나의 바다 나의 산맥 나의 평야 나의 강
한 방울 물감이 스며들어 만들어 내는 나의 행성

몇 그루의 나무를 그리는 사이

너는 너의 모든 산맥과 평야를 갈라놓는 강에 대해 발
이 닿지 않는 강의 깊이에 관해 그런 피크닉에 대해 입을
오므리며 바다를 말하는 수상함으로 알려 주겠지
　나는 종이 울리기 전에 교실을 떠난다

매의 가슴을 쓰다듬어 잠 못 들게 하는 밤 사냥꾼은 꿩
과 메추리의 둥지를 세어 보느라 분주하지만 옷장과 우산
꽂이 속에 내가 모두 숨겨 버렸는걸 묘사에 필요한 물감을
주머니에 넣고 꿰매 버렸는걸

자화상만을 그리던 화가들 잃어버린 초상들

얼굴을 잃어버렸어요 넌 아무것도 아니기 때문이야 매

도 매를 위한 사냥감도 아닌 나를 만든 것이 여기 있다 산
맥도 평야도 강도 바다도 초원도 바람도 아닌 것 가슴으
로 펄럭이는 날개도 아닌 것 여기 서 있기만 하는 몇 그루
나무 거기 매달린 빛 그러니까, 난 이젠 무엇이라도 되어야
하겠습니까 라고 말하면

　내가 사라지는 그 자리에
　올라가야 하는 것인지 내려가야 하는 것인지
　망설이는 동안

　세상 모든 종에 금이 가고
　주머니 속의 물감이 터져 밤을 적신다

기적을 되돌리는 숲

덜 자란 나무를 베어 악기를 만드는 여자
숲에 우리를 버려둔 여자

한낮에도 어둠을 먹고 자라는 아이를 오래도록 사랑하
지 않을 수 없군요

사랑이란 이름은 기침에서 파열돼요 어머니가 나를 낳
았던 모습 숲으로 향하는 길은 스스로 땋은 머리칼에서
발견되었다

아이야 전설이란 원래 그런 거란다 귀를 문지르면 지워
질까요 내 은밀한 곳에 새겨진 문자들을 문질러 읽어 가요
너에겐 읽는 법을 가르치지 말 걸 그랬구나 현을 쥐고 튕
겨 보는 잘려 나간 무료들
아무것도 하지 않을 때마다 형제들은 매를 맞아요 형의
목을 가운데 가지에는 묶지 마요 그에게도 아침을 보여 줘
야 해
깊은 호흡 속에 숲을 숨긴 우리 깜깜한 사내들의 메마
른 목소리를 들어요

연습실의 악기를 조율하듯 마른 눈가를 닦는 일
아침이면
흩어진 어둠을 나무 아래로 모아 놓는 바람의 일

펭귄, 펭귄, 펭귄

검은 양복을 입고
좁은 상 앞에 앉아 저려 오는 다리를

펭귄의 자식들은 모두 눈의 정원에 선다
하얀 도화지 위에 무릎을 꿇고 연필로 그림자를 베끼며

빙하라는 깊이를 생각하면 떠난 사람들이
말을 건다 눈 폭풍 속으로 걸어 들어간 사람 마술사의
상자 속에서 사라져 버린 사람 그래도 친구라고

모두 저린 발을 비비며
절벽 절벽 읊조리며 앉아 있는 것인데
새벽이면 혼자서만 백발이 되어 버린 느낌이고

나는 친구가 적고 검은 양복을 맵시 있게 차려입은 사
람들은 도무지 나를 모르고

지금에야 나는
서곡을 연주하기 시작한 지휘자처럼 온 힘으로 예의 바

르다 음악은 적도를 지나 남쪽으로 남쪽으로 사라지며 서
늘해져 가는데 화면은 모두 흑백인 채로

휘청이며 일어선다

돌아오는 길마다
사람, 손을
빌리지 않은 적이 없다

박물학자의 고백 전집

지금쯤이면 폭포의 꼭대기에 닿았을 것이다
그렇게 생각하기로 하자

그녀는 나에게 부족한 용기를 선물하기 위해 불의 문양
이 그려진 금빛 표지를 골라 주었지만 나는 멸종 식물의
연보를 작성하는 박물학자처럼 대표작을 선정하느라 오래
도록 도록만 들여다보고 있다

차가운 컵 속에는
잊어버리고 있던 일들이 가득하다

교양의 범주에서 하프 연주법에 나타난 분산화음을 가
르칠 때 손가락을 뒤로 꺾는 것은 조합에서 인정받은 일일
까 아라비아고무에만 녹는 안료를 혼합하여 당신의 색깔
을 그려 보는 일들은
주석 체계에 나타나지 않은 범주들

이 온도에서 사랑이라면 협박당하고 모욕당하는 일로
가득해도 좋겠는데 너무 생각이 많은 탓일까

요새는 습격을 피하기 위해 다른 계단으로 도망치는 중
이고

나는 아직도 대륙의 끝에 매달린 폭포를 이야기하며
이 잔이 식어 간다는 사실을 모르고 있다

자서

구름에 반역하는 크림색 릴라꽃
바다를 만난 절벽처럼 하얗게 질려 버리는 비밀들

여기는 풀의 나라
격전지였던 곳

서로가 정의로웠지만 걸음마다
머리 색이 다른 사람이 죽어 가던 말 없는 산책

안아 주지 않고서는
떠날 수가 없다는데

높은 지붕과 기둥이 있다

아니다,
있었던 것이다

엔딩 크레딧

    눈을 파내고 보금자리를 만드는 북극여우의 하얀 발처럼
    반복하고 반복하고 반복하고
    다행히도 난 어디로든 가고 있고 갈 수 있다고 믿지만
기억 숲에서 덜 자란 밀어(蜜語)들을 베어 가는 일
    날 기다려 주는 사람은 없다

    나는 결빙을 애처롭게 구걸한다 한 모금 소다수에 감춰
진 시간을

    가냘픈 가슴에 손을 얹는 사람을 헤맨다는 건 그 저림
에 대해 묻는 건 다시 흑백으로 돌아간다는 건

    그러니까, 영영 사라지지 않는 달이랄까
    이것 봐, 이제 숲은 색깔들로 가득해

    이름들이 표백한 무명의 달빛을 훔쳐와
    또 숲과 사람이 멀어지도록 겨울과 다리가 오래 바깥을
참고 있다

3부

내일

숲에는 계속 비가 내렸고 비 내린 날보다 많은 사람이
목을 매었다

핑크 팬더와 바닐라 맛 웨하스

달의 명암 경계선에서 지구가 떠오른다 오늘은 투우가
있는 날 물레타의 허리를 감고 불길이 오릅니다 타는 냄새
는 날 흥분시켜 빳빳하게 바닐라 맛 웨하스가 부서져서가
아닙니다 오 분 뒤의 비극은

투우 투 원 투우 원 투 링 위의 사람들은 연타를 노리
고 있지
쩹 쩹 소는 연타가 없지 한 방뿐이지 뿔이지

투우사는 턱을 붙잡고 울고 있습니다 뿔을 태운 자는
지구로 소환되고 지구에서 파견된 형사는 콜로세움 안으
로 들어섭니다 마다가스카르 출신인 그는 복싱으로 단련
된 복근을 가지고 있습니다 나는 그의 배를 베어 물면 바
닐라 맛이 날 거라고 생각합니다 침이 돕니다

아침에 TV를 보셨습니까 나는 지금 고베산 와규의 육질
에 대해 말하고 있는 것이 아닙니다 뿔에 받혀 빨갛게 익
은 사람의 속살을 이야기하는 겁니다 혁명은 이미 잿더미
라구요 그냥 멍청히 서 있기만 했다는데 뇌가 완전히 익어

버렸다더군요 웰턴으로요 구타의 흔적이 없다고 그냥 넘어
갈 문제가 아니란 말입니다 이건

　　외계인을 죽여 본 적 있습니까 그들은 죽을 때 아무런
소리도 내지 않습니다 소가 죽을 때처럼요 그들이 약한 게
아니라 인간이 약한 겁니다 왜 듣지 못합니까 바스러진 웨
하스에서 바닐라 향이 퍼져 나가는데도요 이해할 수가 없
습니다 복싱 글러브만 낀 사람을 소와 싸우게 하다니요

　　소가 죽고 사람과 외계가 싸우고 투우사는 턱이 아파도
우리 아직 타오르고 있습니다

스페이드, A

기사가 많은 왕국 대포가 많고 많은 사람이 사막을 건
너고 검은 연기가 피어오르고 이 땅에 내일이 찾아 왔었는
지는 아무도 모르지만 카드를 펼쳐 들면 무엇을 해야 하나
요 내가 한 건 약속이 아닌데 꼬리가 잘린 연미복을 입은
마술사는 남몰래 울고 있습니다 위로만 한다고 위로가 됩
니까 건네야 할 찻잔은 바닷 속에 던져 두었는데 그냥 고
집이 희망이어선 안되겠습니까 지도 없이 배를 타고 나선
사람이 더욱 뜨거운 태양을 만난다고

숨겨진 말들을 찾아 나서자
태양은 큰 위기에 처할 테니까

정말로 아픈, 사람을 위한 침대 귀가 작은 토끼들과 날
개 잘린 하얀 비둘기들로 빈 주머니를 채우는 마술 방패로
찌르고 말로 막아 내는 마술 빨갛게 익은 사과도 없는데
혀를 날름거리는 얼굴은 언제 잃어버렸을까요 하얗게 유약
을 바른 가면들 배를 채우고도 식탁을 떠나지 못하는 미사
일도 많고 겨누는 곳도 많은 마술은 마술이 아니고 앨리스
도 없고 시계 보는 토끼도 없고 여왕도 없는 이상한 나라

너도 숨고 나도 숨어 버리고 부인하고 부인하면 긍정이
되는 내일을 다시 오늘로 만드는

도망자의 비탈

비탈을 구른다면 그레고리언 성가처럼 이것은 유다의 습관 서로의 발을 주무르며

누구든 태어나면서부터 숨을 쉬고 먹을 방법을 찾는단다 발끝으로만 온몸을 지탱하며 서는 법은 눈으로 보고서도 믿기 힘든 일이네요

롱기누스, 로마의 병사가 창끝을 닦으며 말한다 비탈이 척박하니 이곳엔 한 잎의 올리브조차 자라지 못하겠구나
먼지의 비탈을 서성이던 음악가들은 척박이란 나에게 친절한 마음이라고도 했다 (다만, 여기 모든 문형의 의미는 해석자에 따라 달라진다)

시험의 결과를 듣는 전화는 뻔하다 맑은 하늘로 날아가는 막연한 관념 나는 충실히 합격과 불합격의 세계를 기록한다 (한두 해 동안 내가 필기를 꽤나 꼼꼼히 잘하던 때가 있었다) 제 키만 한 나무를 지고 비탈을 오르는 사람과 그것을 바라만 보는 사람

책장을 넘기는 소리마다 내가 부서져 간다 처음의 마음 내가 나이고자 했던 만큼 나는 나인 적이 없었네요 이 비탈을 사랑이라고 기억하자 (그래도 척박을 버리지 못하고 열매를 심고 물을 길어 오지) 그 언덕의 비탈 노란 등불 홀로 마른다

　발끝에 조금 더 힘을 주겠니 수확철을 비껴가는
　올리브 나무가 되어 등을 쓰다듬어도

기념 촬영

플래시가 터지면 눈을 감는다
나는 나를 안전하게 보호해야 한다

눈을 뜰 때마다 그들은 거인의 휘파람 속으로 걸어 들어
간다 여길 봐 전쟁의 고약한 냄새가 난다구 내가 그를 말
리기 위해 생각하는 지옥이란 기껏해야 유황 연기가 피어
오르는 곳 이봐, 남겨진 아이들은 어떻게 하라는 거야 (남
겨지는 사람은 아이가 아닌 나라는 것을 난 알고 있다) 아이들은
분명 맞으면서 자라날 거야 각목 더미가 쌓여 있는 목재
창고 같은 곳에서 같은 책을 읽고 이어폰으로 같은 앨범을
들으면서

거대한 날개에 눈동자를 그려 주고도 내 시력이 온전하
다는 것 이 증오를 다 품고도 입 속에 남은 말이 없다는 것
죽은 암소에 독약을 발라 늑대들에게 던져 주는 일은
카우보이들의 습관이다 한 마리 두 마리 나는 벼랑에 선
늑대에 대한 시를 읽으며 휘파람을 분다 유구한 전통의 신
봉자들*, 유구한 벼랑과 유구한 낙엽의 신봉자들 휘파람들
휘파람들

그들은 정직하고, 예의 바르고, 의리가 있다 옳다고 믿는
일을 한다

뉴스가 그들을 잊은 것은 나의 알리바이 알리바바와 도
둑들은 알리바이가 없어서 아무것도 훔치지 않았지 사진
찍는 것을 좋아해서 모두가 같은 표정 짓는 법을 연습하고
있다고

거울은 어색함을 참지 못하고 의사당을 떠난다

웃으세요, 김치, 치즈, 바나나
여길 봐 고약한 냄새가 난다구
(사진에도 냄새가 있었다면 그는 휘파람 대신 사진으로 뛰어들었
을 거야)

아침마다 창을 쥐고 바람 속으로 돌진할 것이다 독을 마
시고 피를 토할 것이라고 다짐해 보지만 그런 일은 없겠지
거울 속에서 빛나는 나의 금니들

눈을 뜨고 있다 거울을 찾고 있다 다시,
입을 벌리고

* 김언, 「늑대」

희망봉을 돌아서

밑창이 닳아서 간밤엔 꿈이 기울었다 나는 세상의 끝이라고 믿는 곳에서 결정의 종류와 순도 따위를 감별하는 일을 한다 금강석 혹은 다이아몬드라 불리는 것들의 투명도나 투과율을 계산하다 보면 유령들이 빠져나가는 소리가 들리는 숨을 참으려고 하면 달아나는 소식 같은 것들이 매듭에 엉키는 희망을 묶어 두던 낡은 끈

커다란 일들은 가끔 스스로 일어난다
사람들은 가끔 인간의 죄를 신의 장난으로 착각하곤 한다

세계사 교과서는 원정이라거나 정복이라거나 위대한 왕들과 왕들을 바치고 있는 왕가의 허명과 높은 탑과 화려한 궁궐과 대낮의 신성한 사원으로 몰려든다 사람들이 벗어둔 허름하고 낡은 신발에 황금을 덧칠한 믿음 그 앞을 굴러다니는 비밀과 어젯밤 지은 죄와 내일의 낙관적인 행운들 혹은 그런 날들에 앞선 하루 또 너에 대한 무관심 나는 고집스럽고 영리하니까

남자는 한 마디 사랑의 약속으로 자기를 죽였다 여자는
아이의 첫울음 속에서 죽었다 고온과 고압의 조건에서 다
이아몬드는 증발해 버렸다 독백으로부터 말하는 자가 증
발했다 물고기와 빵을 나누던 그 언덕에서 노래가 잠깐 멈
춘 광장에서 이제 그만 고해성사를 멈춰요

정복자의 밤 그는 세상의 끝에 닿았다는 말 때문에 운
다 부자는 가득 찬 자신의 창고를 보고 운다 순례자가 여
행에서 돌아와 다시 침묵을 시작하면서 강의 수위가 높아
지고 초식동물들의 번식이 시작되면서 쓰러진 나무가 흙에
덮이면서 결정에 중심의 뜨거운 열이 닿으면서 혼자서는
우리를 이길 수 없다는 사실을 인정하면서 신자는 하늘을
향했던 두 팔을 거두고 맨머리로 이슬을 맞는다

파도의 리듬 빛의 산란 세상의 끝 그곳의 바다 거기에
희망봉이라는 이름을 붙여 준 당신의 문장 마술을 보여
주는 전성 어미 굴절을 거친 빛은 이제 한 줄기만 남아 날
카롭다 여기 찾아온 모든 빛 지나온 곳에서 또 지나갈 길
에서 간밤 사그라든 꿈의 흰 재 앞에서 당신은 이제

혼자가 아니다

외국인 묘지

빨간 전차와 국가가 종점을 모의할 때 불평등 조약이 보
여 준 세계
밀약과 결사들이 배어들도록 손목을 긋고 표어들로 상
처를 싸맨 거리

처음, 모두가 가난했을 때 한 언덕에 모여든 서로 다른
교회들로부터 전해진
예언, 사람이 아름답기 위해서만 믿음을 가져라 지붕으
로부터 높은 것들을,

다른 말의 사람들이 같은 언덕을 오릅니다

그렇지만, 황금의 소문만으로 돛이 펄럭이고
기계와 기계와 기계와 기계로
선진(先進)에 닿을 수 있다는 믿음

건조 방식을 바꾸고 구호를 내다 걸고 포격으로 나무가
쓰러지고 해안에 닿아, 이쪽의 사람과 저쪽의 사람을 모두
한 언덕에 묻어야 했을 때 우리는 쓰러진 나무로 불을 피

우며
　서로에게 별과 닮은 그림자를 전해 주려고 빛을 향해 걸
어갑니다

　나무는 높고,
　나무는 평등하고,
　나무는 지붕이 된다고,

밀수꾼의 지팡이

바다는 여기까지 뻗은 모든 길들을 살해했다

오늘까지의 별들을 이끌고 염료 상인이 밤을 떠나는 중
이라서 항구에 벽돌 창고들이 가득 차 버렸다는 말을 듣고
슬퍼하는 중이라서
이제 마음은 마음을 종이라고 부르거나 불리우거나

창에 물들인 천을 내어 거는 것은 바다의 마음이다 환
영하거나 숨어 버리거나 박해하거나 살해당하거나

마을에서 추방당한 장인들이 다리를 전다는 것은 잘 알
려진 비밀이다 성벽 밖에서 바다 밖에서 사람들은 그 사실
을 숨겨 주기 위해 모두 지팡이를 짚고 다니는 것인데
두 번 두드리면 땅이 갈라지고 세 번 두드리면 물이 갈
라진다는 지팡이

밤의 광장에서 시장 낮은 천막 아래서 지팡이 손잡이를
꺾어 숨겨 두어야만 했던 칼

거래합시다 당신의 칼과 나의 마음을 공연장에서 주워
온 피 묻은 가족사진과 당신의 두둑한 가죽 지갑을 나와
당신의 지팡이를 가로질러 놓는다고 해도 쫓지 못할 오늘
밤의 악몽을

우리에게는 악몽을 물들일 만한 염료가 없다 창고가 가
득 차 버려서 염료 상인은 배를 몰고 떠나 버렸지 그러나
온전한 다리를 감추는 것은 누구의 마음인가 기울어진 길
을 더듬어 걷는 사람은

다시 커다란 로브를 쓰고 지팡이를 짚어 여기를 찾는
사람을 마중하러 간다

그가 지팡이를 꺾어 기도하는 법을 가르칠 것이다
길이 기울어 다리를 저는 모두를 위해

바빌로니아의 달

푸른색을 구하기 위해 도공들이 놓아기르던 달
연금술을 기도하고 뼈를 구워 점을 치던 그 평원에 꽃
을 놓는다

잊어야 할 것들의 이름을 생각하면 언제나 입술이 부드
럽게 떨린다
내 머리 위에 가장 쓸모없는 돌

나는 솟아나고 있다 아니 녹아내린다고
해야 맞다 이 순간, 이라고 생각하면
언제나 유성들이 쏟아져 내리는

겁이 너무 많아서 그래 지구의 모든 지식들과 그의 자
식들
아직도 나는 조개껍질이 곡식을 대신하는 이유를 알지
못하고
나를 도시로 추방한 사람을 미워하지만

그렇지만 너무 외로우면 어쩌나 모두 녹아 버리면 어쩌나

바닥에 가라앉은 마음에 조개들이 붙는다

단순한 산수를 여러 번 틀린다 거슬러 받을 것이 없는
데 자꾸
거슬러 받고 있다고

푸른 달을 지날 때마다 사람들의 손 위에 조개껍질을 놓
으면
다시, 창세기를 읽는 소리가 들려왔다

마르첼리누스*

나는 빌린 자전거를 끌고 언덕을 오르며
살아남은 신도들을 헤아리느라 거대해졌다

글자를 상상하기도 전에 사라져 버린 경전의 원본에 대
해 참수당한 방랑의 손재주에 대해 토론하느라 개종에 대
해서는 생각지도 못한 것이었는데 게으름은 오래도록 신이
원하는 구원이었다

가파른 계단을 올라야 하는데 몸을 뒤집어 네 발로 기
어서 내려와야 하는데

아무것도 읽지 못하던 시대 기도는 고독해지기 위해 너
의 발을 핥는 자발적 순종을 보여 주었고 개에게로 전염되
었다 난간을 뛰어올라 안기거라 휴식을 취하는 오케스트
라가 챙겨 가지 못한 팀파니를 두드려라 계율의 장기판을
그려 왕가의 자결을 감시하는 판화가 걸린 방

내가 처음으로 읽어 낸 그림은 채색 판화였다 양피지의
그림을 옮겨 새긴 목판 한 번만 찍어 내고 태워 버린 목판

고민 끝에 지하 동굴의 지도이거나 순교자의 자화상일 것
이라는 감정서를 제출했고

　인쇄된 글자를 필사하는 왕가의 필경사

　원시 동굴에서 만들어진 첫 역사가 불임이 아닌 난임의
것이라는 것이 인간의 첫째 불행이다 구원자는 언제나 독
생자라는 진단서를 받아 들고 시계는 스스로 움직임을 멈
춘다

　잘린 혈관을 찾아 묶어 가는 병동의 첫 울음
　다시 실려 온 자살자의 입술 모양을 팔뚝에 옮겨 그리
는 일을 하면서

　의사는 증오의 트럼펫을 부는 아홉 천사의 이야기를
　자기의 종교로 정하기로 했다

* 성인. 디오클레티아누스 황제의 박해에도 불구하고 순교하지 않았다.

사도들

네 얼굴에서
내 말들은 언제부터 쓸모가 없어진 걸까

너는 너대로 나는 나대로 남아
새를 사러 갔다가 점만 치고 돌아오는 날들

지평선이 없는 나라에서 밝은 눈을 간직할 수는 없는 법
이란다 높은 굴뚝 위로 오르는 허물어져 가는 계단 오르
라는 것인지 앉아서 쉬라는 것인지 고개를 돌려 그냥 내려
다보는 일
 궤도를 선회한다는 행성의 운동을 생각하면 구역질이
난다 다시 같은 자리로 돌아와야 하는
 별들은 밤새도록 마음을 더듬어 노을이 지는 곳으로 걷
는다 조용히 빛나는 법을 아는 것이다

세상에서 감정이 모두 사라져 버렸으면 좋겠어요

너무 오래 달려왔군 거친 호흡으로 하얀 깃털들을 내뿜
는 사람들에게

검은 비닐 봉투를 건네는

우리는 장밋빛 생각들이 내려앉는 활주로
새들을 불러 모아야겠군 누구도 여기서는 다시 날아오
를 수 없다

대책 없는 파랑

오래된 기도문들에게는 대개 파랑의 냄새가 배어 있다
멍하니 하늘을 바라보다 먹먹해지는 눈빛이 스며들기 때
문이다

성당 스테인드글라스에 돌을 던져요 양의 눈이 깨지고
깨진 눈 안에서 구름은 파랑을 찾아 국경을 넘지

젖은 신에 발을 넣고 오래 걸으면 깨어나는 파랑 양치기
들의 오랜 전통처럼 마른 자작나무 가지로 발을 두드립니
다 풀이 있을 법한 언덕을 가늠해 보는 동안에도 양들은
울음을 그치지 않고

내게도 뿔이 굽은 슬픔과 관계하는 방법을 알려 줘요

당신이 꼭 한 번 내 옆에 앉아 울었을 때 내 오랜 기도
는 침침한 눈을 갖게 됩니다 높은 사원 수도승의 눈을 삼
켜 버린 대책 없는 파랑을 닮은 기도입니다 나 때문에 울
지 않는 당신을 위해 자작나무 가지를 꺾어야 했을까요

첨탑에 찔려 번져 가는 하늘의 파랑 배들을 매단 바다의 파랑 묘지에 부는 바람이 주저앉힌 파랑 얼굴에 흐르다
빈 식탁으로 스미는 파랑

빈 식탁의 파랑들이 길을 뚫고 벽돌을 쌓아 마을을 이루고 양을 키우고 어깨를 기대다가 내가 있습니다

미처 알아채지 못한 파랑 속에
구름이 차오르고 있습니다

폭설과 체리

── 하지만, 체리의 시기는 짧고
둘이 함께 꿈꾸며 귀걸이를 따러 가는 시절은*

방과 후의 학교 먹지 위에 그린 희망은 내게 어떤 참혹
을 팠나 우리, 죽은 나무의 기원, 야곱의 사다리를 오르지

내가 아는 것들은 항상 파도가 부서지는 깊이 오늘은
빨강 물감이 부족해 사람의 눈을 다 그리지 못했다 하늘
을 날고 싶은 사람들이란 시린 파편으로 찾아온다

이웃의 대문에 붉은 칠을 하는 것만으로 내 눈이 눈밭
일 수 있나 잎들이 이리 무성한데도 계시가 변한다면 다음
의 말은, 입속에 박하사탕을 숨긴 여자

어떤 조미료를 넣어야 달콤이 사라질 수 있나 나는 좋
은 구도를 갖고도 좋은 사람을 그려 내지 못했구나 내게
친절한 이들에게도 나는 씨앗을 뱉어야 하는 사람 잘 마른
화지, 그리고 뒷면처럼

세계를 하얗게 준비해야 하는데 잎은 지지 않고,

바다와 사과

쉽게 가벼운 말들을 무시하게 되는지 모르겠다
금관악기에서 쏟아지는 장래희망 같은 거

껍질을 벗기고 씨방을 도려낸 하얀 속살을 진심이라 부르자
결코, 달콤한 걸까 사과를 따는 날의 신앙은

간격의 삐걱거림 마주한 얼굴이 파랑의 숨을 내쉴 땐 내 표정의
빛깔을 모른 채로 바다를 건너게 됩니다

십자가 위에 매달리게 된다면 바지를 내리고 다리를 활짝 벌려라 믿음은 언제나 붉은 것으로부터였다고 바다를 핥으며

타인의 감정에 싫증 내는 일을 멈추기
은식기를 닦는 마음, 내가 상상한 모든 것, 자신하는 일들을 주의하고 경계하기

당신의 붉어진 눈동자를 수확하는 계절 비문(秘文) 안쪽
의 세계에서
　가장 풍요로웠던 들판의 사과나무에게 건네는 나의 다짐

　간절함에 닿기 위해 어디로 가야 합니까
　잠깐 동안 초점을 잃는, 눈동자만으로

위험한 독해

여기는 곡식들의 땅
헛간에는 모래가 가득하다

씨앗들은 어디로 갔나 노래로만 기억하는 저녁이 오는
데 시들어 버릴 골목들을 위해 여행지에서 사야 하는 한
송이 꽃들의 씨앗은

벽돌로 장식한 바닥 위에 흙으로 만든 인형들이 무너
지는
너의 모든 세상
너의 눈물로 나는 나만의 것이 아닌 세상 끝 풍경을 그
려 냈지

감정은 헤매기 위해 레일을 비틀고
증오는 무엇이든 만들 수 있도록 손을 씻는다

걱정하지 마, 속지 마,
모래의 세상이야 가도 가도 끝이 없는 옥수수 밭일 뿐
이야

접어 둔 페이지로 되돌아와 이제 나는 너를 미워할 수도 있겠다 모서리에 베여 피를 흘릴 수도 있겠다 나무에서 떨어진 벌레를 발로 밟아 그릴 불운을 선물할 수도 있지

한때의 어엿한 애인으로 지나쳐야 하니까 하나의 끼니를 나누고 물을 포도주로 바꾸고 악보를 읽고 외국어를 공부해야 하니까

너는 내 미래에 석고를 부어 청동의 요새를 만든다
인간이라는 아직 읽지 않은 기쁨

시든 골목은 아름다워라 우리는 아직 발도 들여놓지 못했는데

페르가몬의 양피지

갓 벗긴 새끼 양가죽을 무두질하는 소리 이 집의 슬픔
을 두드리고 있는거야 난, 이것으로
신발 한 짝 만들기도 힘든 거겠지만 오래,

두고 보고 싶었지만 볼 수 없는 것 곁에 두고 싶지만 둘
수 없는 것

더는 가죽 위에 아무것도 쓰지 못하겠지 너무 많은 비밀
이 배어들었거든 내가 나로 뒤섞이는 게 두렵다구

땅 위에 그림자가 사라졌어요 그래요 모두
거짓말이에요 하나의 냉정을 펼쳐 귀를 곧게 박으면
펼쳐지는 곳에
나만 모르고 모두가 아는 이야기들

너를 생각하면 이제 내 생각이란 간신히 아무것도 아닌
생각이다 그러니까, 다시 입 없는 사람이 되어 눈발 속을
시리게 걷는다는 것
내게도 나만 알고 아무도 모르는 이야기가 있는걸

모두가 같은 별을 보며 소원을 빌고 있다는 생각만으로
밤이 서늘해진다 어떻게든 땅 위의 것으로 살아남아야 한
다고 덜 마른 가죽을 뒤집어쓰고 양들에게 다가가 보지만
새끼들을 먼저 거두어들이는 어미의 간절함이란,
　알아채야 했었다 아니 그런 척이라도 했어야 했겠지

　말을 걸면 말라 버리는 풀들이 있다 차라리 굶어 죽기
를 바라는 양들이 있다

　이 도살의 풍경을 나의 평생으로 예감하는 밤이 있다

단념

주의자(主義者)들의 사랑은 항상 반성에서 시작하여 평
가로 끝나지

아팠던 첫 경험을 들을 때 아랫배를 쓰다듬는 주술을

여행비둘기의 발끝에 맨다

조금 운이 없었을 뿐이지

세기가 바뀌기 전에는 소화불량만으로도 사람이 죽었다

내 몸에서 점을 치는 일만 년 전 나뭇잎들의 고집스런

나에게 상냥한 상상력들을 끊는다

그냥 신발을 구겨 신고 나가 배웅하고 돌아오면 돼

나는 그저 종이 끝나는 시점에 인간으로 태어났을 뿐
이야

태양은 가득히

나의 개들은 별자리를 지키다 잠이 든다

오늘 밤에도 기르던 개를 버리고 바다를 건너는 사람들
이 있다

미지의 친구들에게

장은석(문학평론가)

> 누구의 편도 들어 줄 수 없어 슬퍼지는 이름이 되도록
> ──「탐험과 소년과 계절의 서」에서

1

한 권의 시집을 읽으며 당신은 무엇을 기대하는가. 지금 시를 읽는 사람의 마음은 과거 어느 때보다도 남다르다. 어떤 독자들은 시인의 곁에 더 바짝 다가앉는다. 이들은 멀리서 대상을 관찰하고 시를 읊조리던 과거의 시인들과 달리 오늘의 시인들이 다정하게 속삭이고 적극적으로 권유하면서 강력하게 독자를 이끈다는 사실을 잘 알고 있다. 이들에게 시를 읽는 행위란 단순히 비밀스런 자기 고백을 훔쳐보는 것이 아니다. 특정한 감각을 함께 느끼는 사람들의 결속력은 시인과 독자의 거리를 더욱 가깝게 만든다.

텍스트를 둘러싼 한 사람의 주체로서 독자는 과거보다

더욱 중요해졌다. 그런 점에서 작가와 독자의 거리가 줄어드는 것은 더 많은 가능성을 잉태한다. 그렇지만 시인과 작가에게 지나치게 집중하게 될 때, 오히려 시를 읽는 것을 방해할 수도 있다는 사실도 함께 기억해야 한다. 작가는 인격적으로 완성된 존재가 아니다. 위대한 작가들은 언제나 독자가 스스로 감각하고 상상할 수 있는 힘과 용기를 북돋고 나아가 그들이 자각할 수 있는 통로를 열어 준다. 평범한 작가들은 자신의 고통과 울분을 토로하고 고백하는 데 그친다. 위험한 작가들은 고백에 머물지 않고 증오로 뒤틀린 자신의 생각으로 독자들을 내몬다. 이 경우는 유독하다.

　안웅선의 『탐험과 소년과 계절의 서』에서도 고통스런 세계의 문면을 바라보는 시인의 시선이 드러난다. 「핑크 팬더와 바닐라 맛 웨하스」에서 당신은 처참한 투우를 즐기는 구경꾼을 향해 "왜 듣지 못합니까 바스러진 웨하스에서 바닐라 향이 퍼져 나가는데도요"라고 외치는 시인의 목소리를 들을 수 있고, 「기념 촬영」에서 "전쟁의 고약한 냄새"가 퍼지는 것을 감지할 수도 있다. 그렇지만 조금 더 자세히 살펴보면 적극적인 어조에도 불구하고 시인이 어느 한 쪽의 편에 서서 그가 듣고 싶어 하는 말만을 쏟아내고 있지 않다는 사실을 알 수 있다.

　　쉽게 가벼운 말들을 무시하게 되는지 모르겠다

금관악기에서 쏟아지는 장래희망 같은 거

껍질을 벗기고 씨방을 도려낸 하얀 속살을 진심이라 부르자
결코, 달콤한 걸까 사과를 따는 날의 신앙은

간격의 삐걱거림 마주한 얼굴이 파랑의 숨을 내쉴 땐 내 표정의
빛깔을 모른 채로 바다를 건너게 됩니다

십자가 위에 매달리게 된다면 바지를 내리고 다리를 활짝
벌려라 믿음은 언제나 붉은 것으로부터였다고 바다를 핥으며

타인의 감정에 싫증 내는 일을 멈추기
은식기를 닦는 마음, 내가 상상한 모든 것, 자신하는 일들
을 주의하고 경계하기

당신의 붉어진 눈동자를 수확하는 계절
　　　　　　　　　　　　　　　　　—「바다와 사과」에서

　시인은 가벼운 희망의 말로 쉽게 마음을 건네지 않는다.
그렇지만 함부로 가벼움의 반대편에 진심을 놓지도 않는
다. '진심'이라는 불투명한 말로 포장하는 사과는 마치 껍
질을 벗기고 씨방을 도려내어 과육만 남은 상태처럼 심심

하기 때문이다. 새로운 변화의 가능성을 제거한 사과는 더이상 무르익을 수 없다. 오히려 시인은 헛된 희망과 불완전한 진심 사이에서 발생하는 간격의 삐걱거림에 주목하고 있다. 흔히 반대편에 위치한 것처럼 여겨지는 두 개념은 이런 식으로 섞이며 반응한다. 마찬가지로 전혀 어울릴 것 같지 않은 바다와 사과, 붉음과 파랑은 이러한 믿음 속에서 한 편의 시로 발전한다. 이처럼 시인은 변화무쌍한 타인의 감정을 싫증내지 않고 지켜본다. 붉게 달아오른 타인의 눈동자에서 파랑의 깊이를 발견할 때까지.

「폭설과 체리」에서 "이웃의 대문에 붉은 칠을 하는 것만으로 내 눈이 눈밭일 수 있나"와 같은 부분을 살펴보면 시인의 이런 자세를 더 잘 알 수 있다. 여러 시의 화자들은 "자기의 결백을 과시하는 빛"(「검은 잎에 흰 바람」)을 끌어모으기보다 스스로 십자가를 지려는 자세를 유지한다. 함부로 자신을 확신하지 않고, 쉽게 타인에게 책임을 돌리지도 않는다. 더 경계하면서 미세한 변화와 반응 양상에 주의를 기울인다.

이런 자세를 그저 조심스러운 망설임으로 치부해서는 곤란하다. 손쉬운 자기 확신과 결백으로의 도피에 빠지지 않으려는 태도는 달아오르는 붉은 기운과 무한한 깊이의 파랑을 반응시킨다. 시인은 지금 씨방을 도려낸 과육의 맛에 안주하지 않고 "폭설의 씨앗을 심으러"(「검은 잎에 흰 바람」) 가는 중이다. 그 씨앗들이 어떻게 자라서 다른 꽃을

피우는지 더 살펴보자.

2

"숨겨진 말들을 찾아 나서자"(「스페이드 A」)고 권유하는 시인의 어조는 무척 다정하다. 수신자를 강력하게 염두에 두고 있는 듯한 그의 어투를 듣고 있으면 마치 편지를 읽는 것 같은 느낌에 사로잡힌다. 그렇지만 시의 깊숙한 곳으로 더 들어가 보면, 그의 시가 누군가의 감정을 증폭하기 위해 메시지를 발신하려는 노력과 멀리 떨어져 있다는 사실을 알 수 있다. 안웅선의 시들은 마치 "깊은 해저로 가느다란 시차가 연결되는 공중전화"(「발신」)처럼 아득하고 나지막하면서도 비밀스러운 울림을 지닌다. 용무를 전달하거나 사랑을 직접 고백하는 편지라기보다 알 수 없는 먼 나라에서 문득 날아오는 엽서처럼 느껴진다.

> 난독증을 앓는 소년은
> 지도와 강과 유역만으로도 헤매고 있다

아이가 집을 나서는 이유에 대해서는 "빨래를 말릴 만한 충분한 햇볕이 없었다"라고 적당히 둘러댑시다 기꺼이 죽은 것들을 보고 몸이 약해지지만 보이는 것을 우리에게 알려 주

지는 않습니다 온 세계가 아이의 가출에 관심을 갖지만 아무
것도 사랑하지는 않았습니다

　순회 판사는 부러진 망치를 찾아 연기 속에 앉지(B와 V의
발음 사이에서 나는 미천해졌어요) 나는 배가 불러 가는 것
을 감추기 위해 모래땅에 포도나무를 심고 노예를 산다

　살아 있는 것만 생각하자꾸나 살아 있는 것만
　아이는 아름다움만으로 기도를 드리고 친구들은 동전을
내밀며 기도를 팔지 않겠느냐고 묻겠죠

　지붕을 가진 사람들과 마른 몸으로 식탁에 앉아 젖을 마시
고 살아가는 것들 모두 배가 부른 계절이 있습니다 배고픈 계
절과 동물과 사람을 한 번은 죽이고 왔기에 가능한 일입니다
(잠시 F의 발음에 대해 고민한 뒤) 먼 데에서 죽은 자들과 관
계하시는 분이여 아이에게 음식을 내어 주시고 노른자에는 소
금을 얹어 주시고 명랑하고 쾌활하고 모두에게 친절하도록 바
질을 뿌려 주시고,

　다시는 몸을 긁으며 잿더미에 앉지 않도록
　누구의 편도 들어 줄 수 없어 슬퍼지는 이름이 되도록

　모두의 이름을 받아 적었으니 내가

몸이 약한 아이와 친구들의 이야기를 들려주려 합니다
　　　　　　　　　　　　　　　—「탐험과 소년과 계절의 서」

　표제작인「탐험과 소년과 계절의 서」에는 시집 전체를 관통하는 키워드가 밀집해 있다. 난독증을 앓는 소년은 시집 곳곳에서 출현한다. 아이가 가출한 정확한 이유를 찾기는 쉽지 않다. 대신 우리는 우선 다음과 같은 질문을 할 수 있다. 아이는 왜 집을 나서서 계속 어딘가를 헤매는가. 그가 도달하려는 곳은 어디인가. 이 질문에 관한 답을 오직 이 시에서 완성하기는 어렵다. 그러나 이 시의 몇 가지 요소들은 이후 다른 시편들을 이해하는 데 도움을 준다.

　먼저 순회 판사의 망치가 부러져 있다는 사실에 주목하자. 판결의 주체인 판사가 제 역할을 하지 못하는 혼돈의 상황 속에 아이의 노정에는 '죽은 것들'이 산재한다. 한편 '죽은 것들'의 반대편에는 '살아 있는 것'이 있다. 그런데 산 자들은 강건하지 못하고 계속 "몸이 약해"진다. 아이는 지금 이 죽어 가는 자들을 위해 기도를 드리고 있는 중이다. 한마디로 이 시집은 모든 죽어 가는 것들을 향한 아이의 기도라고 할 수 있겠다. 지도를 잘 읽지 못하고 헤매는 아이는 기도를 따라 길을 찾는다.

　가출과 방랑, 그리고 탕아로의 변신이라는 구조는 여러 문학작품에서 흔히 목격할 수 있다. 그렇지만 이 시집을 이처럼 단순하게 치부하면 곤란하다. 시의 핵심에 놓인 "다시

는 몸을 긁으며 잿더미에 앉지 않도록/ 누구의 편도 들어
줄 수 없어 슬퍼지는 이름이 되도록"이라는 부분에 주의를
기울이자. 이 부분에는 죄가 없음에도 불구하고 온갖 고통
에 시달리는 성서 속 인물 욥의 이야기가 담겨 있다. 신은
믿음을 시험하기 위해 욥에게 갖가지 고통을 내린다. 시인
은 욥이 온 몸에 돋은 부스럼을 피가 나도록 긁던 장면을
인용하면서 까닭을 알지 못하고 고통에 시달리는 모든 존
재를 소환한다. 이때에도 시인은 결코 쉽게 누구의 편에 설
생각이 없다. 고통의 정확한 이유를 알지 못하기 때문이다.
"B와 V의 발음"의 차이를 쉽게 감지할 수 없다는 점에서
시인은 판사의 역할을 할 생각이 없다. 오히려 그는 이유를
정확히 알지 못하고 점점 약해지다가 죽을 운명에 처한 모
든 존재들과 같은 높이로 자신을 낮춘다. 그들로부터 자신
을 분리하지 않고 "모두의 이름을 받아 적"고 "혀에 통증의
지도를 그려 온 사람들"(「표류」)의 이야기를 자신의 언어로
바꿔 다시 우리에게 들려주려 하고 있다.

3

　아이의 가출과 소년의 여정의 근원을 더 들춰 보자. 무
엇이 아이를 이 힘든 여정으로 나서게 만드는가. 이 질문으
로 나아가기 위해서는 「우기」의 "내가 천하다고 생각되면

바로 일어나요"와 같은 부분에서 시작하는 것이 좋겠다. 그런데 천하다는 인식의 반대편에는 "왕가의 감정"이나 "난생의 혐의" 그리고 "저주의 눈빛을 씻는 아이들"(「밀연(謐戀)」)이 자리한다. 이 시집의 곳곳에서 귀함과 천함이 대비되고 나아가 혈통에 대한 인식과 부정이 드러나고 있다고 해서, 그것을 지나치게 곧이곧대로 받아들일 필요는 없을 것 같다. "왕가의 허명"(「희망봉을 돌아서」)에 관한 비유들은 어떤 개인이나 집단이 다른 집단으로부터 배제된 결과 겪게 되는 고통의 기원을 추적하려는 시도와도 같다. 천하다는 인식은 바로 이런 무시의 과정에서 생겨난다. 죄의 근원을 알 수 없는데 계속 따돌림을 당하는 상태로부터 고통이 시작된다.

이때 자신에게 흠결이 있다는 생각은 아직 막연한 자의식에 가깝다. 외부에서 가한 일종의 상처와 같다. 누가 더럽다고는 하는데, 자신은 무엇이 더러운지 정확히 알지 못하고 당황하는 상태. 따라서 그 의미는 아직 보편성을 획득하지 못하고 갈등에 머문다. 다시 말하면 뚜렷한 구심점 없이 여러 가지 의미가 복잡하게 교차, 반복되는 상태라고 할 수 있다.

　　밤의 성당은 비명의 힘으로 나는 목 쉰 새들의 것

　　전염되는 붉은 비밀의 힘

발이 까만 새와 나눈 한낮의 대화

문틈을 넘어온 그림자는 조그맣고 단단하다

내가 붙잡는 이름들 그 손등에는 흉터가 생겨요 유난히 하

얀 손을 가진 목수가 자기 창문에 새겨 놓은 낙인 같은

—「미사」에서

이 시는 막연한 자의식이 구체적으로 발전하는 모습을

보여 준다. 불온함은 전염병처럼 번진다. 시 속의 '나'는 거

기에서 그치지 않고 불온한 사람과 어울리는 사람들이 함

께 배제되기 시작하는 것을 깨닫게 된다. 흉터는 일종의 낙

인처럼 조리돌림의 표식이 된다. 밤의 성당을 울리는 비명

소리는 보이지는 않지만 분명히 작동하고 있는 이상한 행

태에 대한 증거가 된다.

물론 혈통에 대한 숭배와 조작된 신성함이라는 비유는

얼마든지 오늘날에도 적용할 수 있다. 왕족이 사라지고 계

급의 명칭이 소멸되었지만 보이지 않는 곳에 더 다양한 종

류의 계층이 상존한다는 사실을 누구도 부인할 수 없기

때문이다. 그렇지만 그것의 정체를 구체적으로 밝히는 것

은 각자에게 맡기고 여기에서는 배제와 무시에 의해 유발

되는 '나'의 고통에 초점을 맞추기로 하자.

매점 뒤에서 신이 만든 구름을 보다

맘에 드는 구름을 상상할 때까지

나를 위해 기도합니다

쇼바를 한껏 높인 오토바이 햇빛이 나면 나무도 가지를 들
어 올려요 나에게 필요한 건 너였는지도 모릅니다 예배 시간
친구의 지갑을 훔친 건

어떤 구름도 나를 위해 울지 않았기 때문이야 오토바이에
대한 미학적 견해가 달랐기 때문이지 차도에서 피 흘리는 사
람을 보고도 나는 평온한 오늘을 위해 기도해 나를 용서하지
말아요

(⋯⋯)

나는 매점 쓰레기통에 버린 지갑 안쪽에서 죽을 것입니다
나를 잡는 손을 뿌리칠 때마다 다리엔 멍이 생겨요 아픈 가
슴은 외가의 병력이었고 오래도록 빈 교실은 햇빛을 향해 걸
었습니다

내일은 구름의 왼쪽 가슴이 아플지도 모릅니다
내가 그들을 위해 기도하지 않았기 때문입니다
　　　　　　　　　　　　　　　　──「미션 스쿨의 하루」에서

"나를 위해 기도합니다"라는 문장은 시의 마지막에 어떻게 "내가 그들을 위해 기도하지 않았기 때문입니다"로 바뀌는가. 시의 앞부분에는 매점 뒤에서 홀로 구름의 변모를 한참동안 지켜보는 '나'의 모습이 있다. 기도의 내용이 직접 드러나지는 않지만 '나'에게 필요한 '너'가 없다는 사실과 "어떤 구름도 나를 위해 울지 않"는다는 부분을 보면 배제된 상태로 고통을 받는 '나'의 기도가 얼마나 간절한지 충분히 느낄 수 있다.

그러나 정작 이 시에서 가장 핵심적인 부분은 "나를 잡는 손을 뿌리칠 때"이다. 시 속의 '나'는 누구보다도 배제와 무시의 고통에 시달리는 자다. 그런데 그런 '나'는 어느새 다시 누군가의 손을 뿌리치며 매몰차게 그를 따돌린다. 막연하게 천하다는 생각에 머물던 '나'의 의식은 이런 관계의 맥락 속에서 죄의식으로 구체화된다. 증오에 몸서리치며 그것으로부터 벗어나기를 희구하는 '나'의 간절한 기도는 시의 말미에서 어느새 증오에 물들고 똑같은 방식으로 고통을 전이하고 있는 '나'를 발견하는 새로운 기도로 바뀐다.

이 시집의 한가운데에는 이처럼 보잘것없고 초라한 인간의 마음에 대한 고백이 자리 잡고 있다. 그저 미션 스쿨의 하루를 그리고 있을 뿐인 한 편의 시는 우리에게 고통이 어떤 방식으로 전이되는지, 증오에 휩싸인 인간이 자기도 모르는 사이에 어떻게 증오에 물드는지, 오직 자신의 구원을 바라는 사람의 간절한 마음이 얼마나 형편없는 지경에 빠질 수 있는지와 같은 여러 가지 의문을 투명하게 건네준다.

  빛이 드는 긴 교회의 회랑 검은건반 흰건반 무릎을 꿇기 위
해 맨발로 복도를 지난다 왜 맑게 닦은 것들 위에는 내 얼굴
이 고이는 걸까요
  합창 시험을 마치면 잊게 되는 노래의 가사처럼
                                    ──「오랜, 고요한 복도」에서

  시 속의 소년은 지금 복도와 회랑을 따라 사람의 마음
깊은 곳으로 향하는 긴 통로를 걷고 있는 중이다. 그러니
까 그의 떠남과 헤맴은 자신의 고통을 누설하고 그것을 통
해 누군가를 단죄하려는 걸음이 아니다. 소년은 오직 "자
화상만을 그리던 화가들"(「사생 대회 불참의 변」)처럼 자신
을 채색하고 변명하며 자신의 결백을 주장하기 위해 타인
을 구석으로 몰아세우려는 자신으로부터 한 발짝 물러나,
천천히 고이는 자신의 얼굴을 들여다본다. "빈 책상을 끌
어안고/ 처음으로 나와 많은 이야기를 나누었습니다"(「과학
경시대회」)에는 이처럼 자신도 모르던 다른 '나'를 발견하는
순간의 이상하고 놀라운 감정들이 담겨 있다.

4

미션 스쿨의 구도는 비유의 구조를 거치면 시집 전체에서 더 큰 세계로 확대된다. 편을 나누어 사람을 가르고 특정인을 무시하는 행태는 '나'를 집단으로부터 분리시킨다. 시 속의 '나'는 처음에는 "나를 이 도시로 추방한 사람을 미워"(「바빌로니아의 달」)하는 감정에 사로잡히기도 하지만 곧 이런 구조 속에 매몰되고 마는 '나'를 발견한다.

「묶음」의 "내가 그에게서 배워 온 건 등 뒤에서 내 이야기를 속삭이는/ 유령들로 사람의 눈빛이 무시무시해진다는 것"과 같은 부분은 배제된 인간의 공포가 어떻게 증오를 부추기는지에 관해 간명하게 드러낸다. 더불어 실체가 없이 떠도는 말이 만드는 참혹함을 짐작하게 한다.

> 네 얼굴에서
> 내 말들은 언제부터 쓸모가 없어진 걸까
>
> 너는 너대로 나는 나대로 남아
> 새를 사러 갔다가 점만 치고 돌아오는 날들
> ──「사도들」에서

> 거짓말이에요 하나의 냉정을 펼쳐 귀를 곧게 박으면
> 펼쳐지는 곳에

나만 모르고 모두가 아는 이야기들

너를 생각하면 이제 내 생각이란 간신히 아무것도 아닌 생각이다 그러니까, 다시 입 없는 사람이 되어 눈발 속을 시리게 걷는다는 것
　　내게도 나만 알고 아무도 모르는 이야기가 있는걸
　　　　　　　　　　　　　　　—「페르가몬의 양피지」에서

'나'의 말은 '너'에게 아무런 쓸모가 없다. 그런데 각자 따로 남은 '나'와 '너'의 구도가 점점 '나'와 '모두'로 확장되고 있다는 사실에 주목할 필요가 있다. 시의 문면에 구체적인 말이 드러나 있지는 않지만 「사도들」의 '나'는 계속 '너'에게 이야기하고 있는 중이다. '나'는 '너'의 표정을 살피면서 많은 말을 쏟지만 '너'는 거의 반응하지 않는다. '나'는 만난 목적을 달성하기 위해 말을 풀어놓지만 늘 '너'를 예측하는 데 머물고 만다.

계속 펼쳐지던 '나'의 이야기는 「페르가몬의 양피지」에 이르면 거의 잦아들고 급기야 '나'는 "입 없는 사람"이 된다. "거짓말이에요"라는 첫머리의 외침은 등 뒤의 이야기들에 묻혀서 점점 힘을 잃다가 어떤 생각만이 "간신히" 남는다. '모두'의 이야기가 점점 무성해질수록 '나'의 이야기는 미미해진다.

말이 점점 잦아들고 생각마저 희미해질 때, '나'는 가장

미미한 존재가 된다. "나는 늘 먼지에 바탕을 두고 자라나 마른 벌레가 돼요"(「섬의 하루」)와 같은 부분은 이러한 '나'의 처지를 잘 보여 준다. 이런 '나'에게 '당신'은 마치 닿을 수 없는 사람, "이 세기로 감춰진 사람 문득/ 담쟁이로 가득한 나라의 왕족"(「발신」)처럼 여겨진다. "뒷모습으로 사람을 구분하는 일에 익숙해집니다"라는 말이나 "활주하는 비행기를 바라보는 일로 중독을 이해하기로 해"(「발신」)와 같은 부분은 혼자 남겨진 사람의 절실한 고독을 그대로 담고 있다. 그렇지만 정작 이 시집이 지닌 매력은 바로 "내게도 나만 알고 아무도 모르는 이야기가 있는걸"과 같은 부분에서 최대로 촉발된다.

저기 높은 지붕이 만든 그림자 그 아래서
말을 모는 사람들이 모여 지나온 길들의 이름을 모을 때
눈가에 번져 가는 의심이었으면 좋겠어

그러면,
지붕 위의 아찔함에도 비켜서지 않는 고집이 생길 텐데
평원에 장미가 자라고 꽃잎을 빻는 향기에 취해 나는 인간이 되었을 텐데

밤이면 사뿐히 지붕을 넘나드는 여우들
혼자서만 꾸는 꿈으로도 나는 셀 수 없는 편지를 쓴다

네가 먹다 남기고 간 나의 결의 같은 것

──「지붕 위의 여우들」에서

　　이 시에는 혼자 남은 자, 뒷모습을 오래 지켜본 자, 구름의 변화와 사라지는 비행기를 오래 지켜본 자의 묘한 "결의"가 배어 있다. 아찔하게 높은 지붕 아래에서 '나'는 그것을 사뿐히 넘는 여우들을 떠올린다. 지붕이 만든 그림자 아래에서 '나'는 닿을 수 없는 지붕을 오르려는 헛된 시도 대신 "비켜서지 않는 고집"을 배운다. '나'의 수많은 말들을 향한 '의심'을 향해 계속 편지를 쓰는 '고집' 사이에서 이상한 '결의'가 싹튼다. 이 결의는 결코 의심을 불식시키고 지붕 위의 상대를 끌어내리려는 시도가 아니다. "혼자서만 꾸는 꿈"이라는 말에서 알 수 있듯 '나'는 지금 지붕 아래에서, 자신만의 결의를 적고 있는 중이다.

　　5

　　혼자 남겨진 채 점점 말라 가는 '나'의 이미지는 여러 시에 나타난다. "잎들은 마르며 사람을 찌르지 않지 정말로 약이 되길 바란다면 가장자리를 늘리는 수밖에 맑은 액체가 고이는 자리"(「청록, 포도가 자라는 자리」) 같은 부분이나

"연습실의 악기를 조율하듯 마른 눈가를 닦는 일/ 아침이
면/ 흩어진 어둠을 나무 아래로 모아 놓는 바람의 일"(「기
적을 되돌리는 숲」) 같은 부분을 읽어 보면 "청력이 귀한"(「섬
의 하루」) 시인의 감각이 예민하게 반응하는 양상을 엿볼
수 있다. 시인은 등 뒤에서 떠돌며 부푸는 말들에 바싹 말
라서 부서지고 흩어지는 인간의 초상에 누구보다도 예리하
게 감응한다. 그렇지만 시인이 우리에게 건네는 이 은밀한
편지의 갈피를 더 자세히 뒤적이면 그는 마른 가루를 질료
로 삼아 거기에 불을 붙이고 폭발을 기도하는 태도를 지닌
것이 아니라는 사실을 알 수 있다.

마른 직선에게 탄력을 선물한다 오늘은 오늘의 밀을 심고
내일은 내일을 올리브를 심고

허리를 굽히거나 손을 뻗으며, 그리고 입술을 오므리는 습
관, 그것만으로도 뜨거워진다

여행 가방에 면을 챙기는 사람들로부터 슬픔을 보존하는
법을 배운다 마른 햇볕을 물에 풀어 천천히 삶아 내는 감정

멀리서 보면 그냥 지나가는 것들을 먹이는 일 같다면

접시와 식기 위로 쏟아 내는 기도 대신 큼직한 쇠솥을 걸

고서 유독(幽獨)의 기미로 말라 가는 사람을 먹이며

—「면(麵)」에서

숨겨진 말을 찾아 계속 길을 떠나는 자의 여행 가방을 들춰 보자. 오랜 여행의 기간 동안 가방 구석에서 천천히 말라 가는 면을 꺼내어 그것을 "물에 풀어 천천히 삶아 내는 감정"에 대해 생각해 보자. 마른 면이 끓는 물속에서 다시 탄력을 회복하는 것처럼, 바싹 마른 마음도 낯선 타지와의 시차와 간격 속에서 조금씩 변화를 겪는다. 직선으로 굳은 면은 시간을 머금으면서 생기를 되찾고 곧 생생한 맛을 회복하기 시작한다. 천천히 은근하게 삶은 뜨거운 면을 허리를 굽히고 손을 뻗어 조심스럽게 입술을 오므리고 먹는 자세야말로 생생한 탄력을 음미하기 위하여 가장 중요한 자세라고 할 수 있겠다.

소년이 바깥으로 향하는 걸음을 멈추지 않는 이유가 여기에서 더 분명해진다. 시적 화자인 소년이 우리에게 보내는 편지에는 끊임없는 질문들이 담겨 있다. 이 질문들은 우리가 혈통에 대한 맹목적인 믿음이나 자기 결백에 관한 확신의 뜨거움으로부터 잠시 물러설 수 있도록 돕는다. 기본적으로 여기에는 "기도의 체온으로 서로가 눈꺼풀을 쓸어 주는 새벽, 입술을 모은 장미들에게 다가가는 방법"(「편지들의 이스파한」)이 담겨 있다. 그렇지만 시인의 언어가 펼치는 진면목은 혼자 남은 사람의 자기 구원을 향한 간절한 기도와 다르다는 데 있다. 그의 시 쓰기는 "접시와 식기 위로 쏟아 내는 기도 대신 큼직한 쇠솥을 걸고서 유독(幽獨)의 기미로 말라 가는 사람을 먹"이기 위한 시도와 가장 가깝다.

　　운동화 끈을 묶으며 보이스카우트들은 매듭법을 배우고 그걸 우리에게 자랑하고

　　자랑할 것이라고는 매듭법뿐인 세계도 좋겠다 그러니까, 놀이터로 가자 몰래 울어 보기 좋은 곳 친구가 되기 좋은 곳 스스로 무덤이어야 하는 곳, 그래 누구나 신발을 벗어 주고 오는 곳

　　바닥은 모두 생고무로 바뀌어 가는 추세, 그림자를 뒤척이며 바닥을 문지른다고 내가 하얗게 되지는 않아요

　　새 신발을 사는 놀이와 신발을 밟아 더럽히는 놀이 우리와 놀이가 웃고 떠드는 동안 사라진다

　　　　　　　　　　　　　　　　　　　—「놀이터로 가기」에서

　　탄력을 불어넣는 자질이야말로 안웅선의 시가 지닌 가장 뛰어난 매력이다. 시인은 신성함의 허구와 온갖 비밀과 죄의식에 짓눌린 사람들에게 "놀이터로 가자"고 손을 내민

다. 이 시는 운동화 끈을 묶는 방법, 그 매듭법을 친구들에게 자랑하던 어린 시절의 단순한 정경을 품고 있다. 새 신발을 사면 여러 친구들이 몰려와 오래 신으라는 핑계로 그것을 밟는 풍습에는 묘한 질투가 담겨 있다. 그러나 아이는 새 신발이 더럽혀졌다는 실망과 낙담으로 주저앉기보다는 친구들과 함께 놀이를 즐긴다. 아이의 세계에서는 질투와 같은 개념이 통용되지 않기 때문이다. 어쩌면 아이는 새 신발을 신지 못하는 친구들의 부러운 마음을 직관적으로 이해하고 있는 것은 아닐까.

시의 화자는 더 이상 "새하얀 운동화를 신고 놀이터로 가기"를 주저하지 않는다. 구석에서 "그림자를 뒤척이며 바닥을 문지른다고 내가 하얗게 되지는 않"는다는 사실을 분명히 깨달았기 때문이다. 나아가 이 현명한 아이는 어쩌면 더럽혀진 신발은 빨면 그만이며 그것 때문에 자신이 더러워지는 것은 아니라는 사실까지도 눈치를 채고 있는 것은 아닐까.

다리는 짧고 궁둥이는 크지요
이빨은 아름다웠지만 빠져 버렸다구

입 속에 혀를 넣어 구멍을 찾자
나의 꼬마 하마, 이것이 첫 경험입니다

열심히란 말은 배우지 않을래요 땀 난단 말이에요 땀은 탈
모에도 안 좋으니까

그래도 다리가 계속 자라는걸요

통통통 뛰어다니는 게 좋아요

—「꼬마 하마 키보코」에서

난독증에 시달리는 소년이 지도를 잘 읽지 못하여 헤매
는 모습을 떠올려 보자. 짧은 다리에도 불구하고 커다란
궁둥이를 씰룩거리면서 통통통 뛰어다니는 꼬마 하마 키
보코의 모습은 곤란함에 직면한 자에게 탄력을 불어넣는
시인의 자세를 한껏 드러낸다. "금발의 의사는 뼛속까지 곪
아 버린 어금니를 뽑아낸다/ 이빨 끝에 고인 내 표정을 낭
독하지 못한다는 것"(「라플란드의 오로라」)에 드러난 낭패감
은 이 시에서 "이빨은 아름다웠지만 빠져 버렸다구"라는
어조로 바뀐다. 마치 이미 더러워진 신발을 아랑곳하지 않
는 태도와도 닮았다.

이 귀여운 꼬마 하마는 이빨을 사용하는 대신 더 적극
적으로 혀를 사용하는 경험의 세계로 진입하기를 두려워하
지 않는다. 동시에 하마는 이것을 '열심히' 배워야만 하는
과정으로 여기지도 않는다. 그는 '열심히'라는 불투명한 말
이 품은 기존의 모든 관념을 배우기 위해 땀을 흘리는 대
신 마치 놀이를 하는 것처럼 그저 여기저기로 뛰어다닌다.

이 과정 속에서 이빨도 다 빠지고 탈모까지 진행 중인 하마에 관한 측은함은 온데간데없이 사라지고 사랑스럽고 귀여운 그의 동작과 몸짓이 더욱 선명해진다. 안웅선의 리듬은 이처럼 보잘것없는 사람의 마음속에 돌연 다른 탄력이 깃들게 만든다.

검은 양복을 입고
좁은 상 앞에 앉아 저려 오는 다리를

펭귄의 자식들은 모두 눈의 정원에 선다
하얀 도화지 위에 무릎을 꿇고 연필로 그림자를 베끼며

빙하라는 깊이를 생각하면 떠난 사람들이
말을 건다 눈 폭풍 속으로 걸어 들어간 사람 마술사의 상자 속에서 사라져 버린 사람 그래도 친구라고

모두 저린 발을 비비며
절벽 절벽 읊조리며 앉아 있는 것인데
새벽이면 혼자서만 백발이 되어 버린 느낌이고

나는 친구가 적고 검은 양복을 맵시 있게 차려입은 사람들은 도무지 나를 모르고

지금에야 나는

서곡을 연주하기 시작한 지휘자처럼 온 힘으로 예의 바르
다 음악은 적도를 지나 남쪽으로 남쪽으로 사라지며 서늘해
져 가는데 화면은 모두 흑백인 채로

휘청이며 일어선다

돌아오는 길마다
사람, 손을
빌리지 않은 적이 없다

—「펭귄, 펭귄, 펭귄」

한 권의 시집은 다양한 스펙트럼을 지닌다. 시집 속 여
러 시편들은 미묘한 차이들 속에서 하나의 책으로 묶이기
마련이다. 이 시집에도 "살해당한 내 표정들을 부르는 것만
으로 빛을 잃어 간다고 해도 오른쪽 어깨 위 까마귀가 물
어 오는 치통들을 모으겠습니다 숲의 눈동자에 자기 얼굴
을 비추는// 라플란드의 오로라처럼"(「라플란드의 오로라」)
과 같이 장엄하면서도 화려한 문장들이 여럿 걸려 있기도
하다. 또 이런 문장들 속에는 현대시의 고전을 탐습한 시인
의 고투가 배어 있다. 시인은 '바다와 나비'를 함께 놓던 김
기림의 야심이나 '늙은 의사는 젊은이의 병을 모른다'던 윤
동주의 섬세함이나 시인 이상의 어조들을 발판으로 완전

히 새로운 이미지와 상상력을 선보이기도 한다. 어쩌면 누군가는 이런 부분들의 아름다움에 더 애착을 느낄 수도 있을 것이다. 그렇지만 누군가 나에게 안웅선의 시를 한 편만 건네 달라고 요청을 한다면 나는 「펭귄, 펭귄, 펭귄」을 내밀고 싶다.

시의 화자는 상가(喪家)에 간 모양이다. 검은 양복을 차려입은 화자는 조문을 마치고 자리에 앉아 있는데 계속 다리가 저리다. 짧은 다리와 커다란 궁둥이를 지녔던 꼬마 하마를 떠올려도 좋을 것 같다. 대개 흰 셔츠에 검은 양복을 받쳐 입은 조문객들의 모습을 "펭귄의 자식들"로 단번에 형상화했다가 시의 후반부에 턱시도를 차려입은 지휘자로 연결시키는 솜씨가 우선 돋보인다. 그렇지만 그보다 더 돋보이는 것은 이 시가 지닌 기묘한 분위기다.

죽은 사람을 애도하기 위해 사람들이 모였다. 일상에서 각자 다채로운 색을 지녔던 사람들이 무채색의 비슷한 차림으로 모여 있으니 마치 무리를 지은 펭귄들처럼 보인다. 미끄러운 빙판 위를 뒤뚱거리며 걷는 펭귄들처럼 사람들은 조금씩 다르지만 또 비슷하게 곤란함을 헤치며 살고 있다. 쌓인 눈이 두꺼운 빙하를 형성하는 것처럼 시간이 흐르고 각자 저마다의 생의 방식은 조금씩 다르겠지만 결국 죽음에 이르고 누군가가 애도하는 과정은 계속 똑같이 반복될 것이다. "모두 저린 발을 비비며/ 절벽 절벽 읊조리며 앉아 있는 것"을 지켜보는 '나'는 이미 죽은 자와 곧 죽을 운명에 처한 자들의 무한한 반복과 교차에 관해 생각하며 아득해진다.

색채가 흐려지고 흑백으로 단순해지는 이 풍경 속에서 '나'는 다시 관계에 관해 생각한다. "그래도 친구라고" 장례식에 찾아와서 애도하는 사람들을 바라보면서 '나'는 '친구'에 관해 생각한다. 생각해 보니 "나는 친구가 적고 검은 양복을 맵시 있게 차려입은 사람들은 도무지 나를 모르"는 것만 같다. 친구란 누구인가. 과연 누구를 친구라고 할 수 있을까. 어떤 관계까지를 친구라고 부를 수 있을까. 이런 질문들이 시에 직접 드러나 있지는 않지만 죽음 앞에 선 사람들과 그들을 바라보는 시적 화자의 태도는 일방적이지 않아서 우리가 친구와 관계, 그 외에 다른 여러 가지를 떠올릴 수 있는 여지를 열어 놓는다.

이미지를 확산시키며 시상을 전개하는 방식은 간명하면서도 인상적이어서 누구나 그 장면을 쉽게 그릴 수 있다. 그렇지만 흑백 사진처럼 단순하면서도 투명한 구조는 관계를 단순화하거나 성급한 가치 판단으로 흐르지 않는다.

시는 사실 관계를 확인하는 기사보다는 미지의 가능성을 탐색하기 위해 가상의 조건을 실험하는 무대에 더 가깝다. 그런 점을 고려하지 않더라도 한 사람의 시인이 독자의 기대를 고려하는 것은 지극히 자연스럽고 당연한 일이다. 미처 형언할 수 없는 일상의 고통을 겪는 누군가에게 그 고통스런 마음을 적절하게 표현하는 시가 어떤 위로가 된다면 물론 그것은 근사한 일일 것이다. 그렇지만 그 과정에서 우리는 때로 동정과 위로를 핑계 삼아 불안과 증오를 조장하려는 시도도 목격한다. 스스로 약한 자의 편에 서려는 자세는 고귀하지만, 자기 편의대로 약자를 규정한다면 그런 태도는 오히려 더 추악한 폭력에 가까워질 수밖에 없다.

안웅선의 시는 절망적인 세계에서 고통을 겪는 사람들의 비명을 외면하지 않지만, 동시에 함부로 편을 가르고 어느 편이 듣기에 달콤한 말을 속삭이려는 태도 역시 경계한다. 그의 시어는 바짝 마른 재료들에 불을 붙이기보다 충분한 시차 속에서 그것이 천천히 섞이고 반응하면서 스스로 탄성을 회복하도록 돕는다. 먼 나라에서 문득 건너온 엽서와 같이, 그의 언어는 독자에게 다정한 어조로 권유하고 손을 맞잡으며 간절하게 기도하지만 결코 그들을 어느 쪽으로 끌어당기지 않는다. 이 과정에서 난처한 상황에 빠져 허우적대던 언어는 생기를 얻는다. 죽은 사람을 애도하기 위해 모인 사람들을 펭귄으로 바꾸어 놓는 장면을 떠올려 보자. 빙판 위를 뒤뚱거리며 무리지어 걷는 펭귄의 상상력은 한없이 무겁고 엄숙한 죽음과 함께 섞이며 독특한 질감의 정서를 만들어 낸다.

다시 앞의 질문으로 돌아가자. 친구와 적 또는 친구와 친구가 아닌 사람을 우리는 과연 어떻게 구분할 것인가. "나는 친구가 적"이라고 말하는 시인은 다음과 같이 대답한다. "돌아오는 길마다/ 사람, 손을/ 빌리지 않은 적이 없다."

지은이	안웅선
	1984년 순천에서 태어났다. 2010년 《세계의 문학》 신인상을 받으며 등단했다.

탐험과 소년과 계절의 서

1판 1쇄 펴냄 2017년 11월 10일
1판 2쇄 펴냄 2022년 4월 1일

지은이 안웅선
발행인 박근섭, 박상준
펴낸곳 (주)민음사

출판등록 1966. 5. 19. (제16-490호)
서울특별시 강남구 도산대로1길 62(신사동)
강남출판문화센터 5층 (06027)
대표전화 02-515-2000 / 팩시밀리 02-515-2007
www.minumsa.com

ⓒ 안웅선, 2017. Printed in Seoul, Korea

ISBN 978-89-374-0860-1 04810
       978-89-374-0802-1 (세트)

• 2011년 서울문화재단 문학창작활성화-작가창작활동지원사업 선정작
• 잘못 만들어진 책은 구입처에서 교환해 드립니다.

민음의 시
목록